KB261608

하얀 불꽃

권혜경 지음

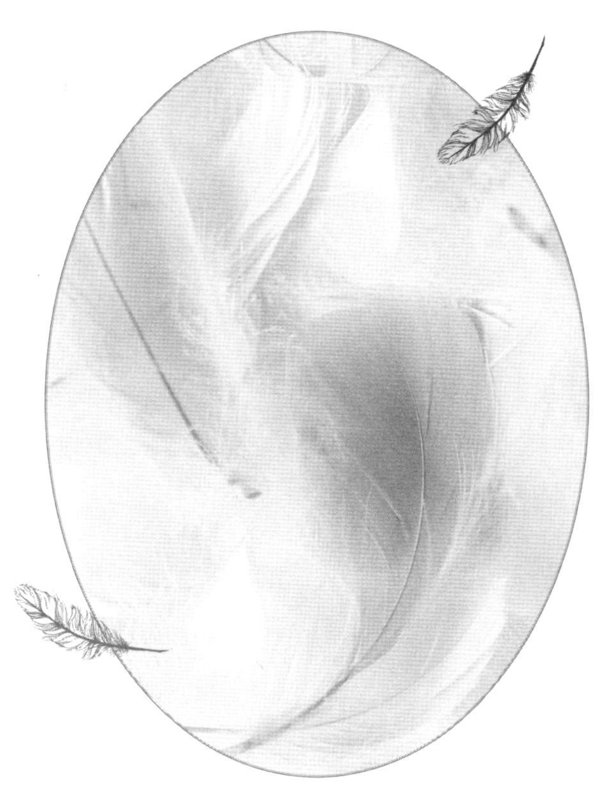

하움

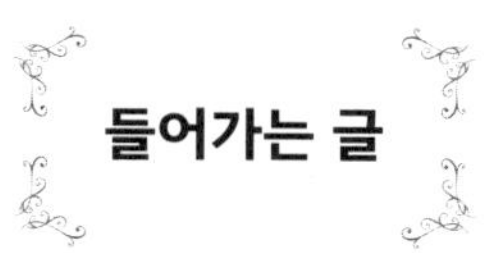

들어가는 글

이 작품에서 주인공 수민이는 어쩌면 무관심하게 지나쳐 버릴 수 있는 우리 사회의 어둠에 맞서는 인물이다. 자신을 믿고 정의롭게 나아가는 여장부이고 뜨거운 불꽃이 하얗게 변할 때까지 자신을 희생하는 인물로 그려졌다.

수호천사 미유엘은 우리가 흔히 아는 그런 천사가 아닌 전사로 표현되었고, 그들이 힘을 합쳐 해결해 나가는 모습에서 혼자 하는 것보다 함께 하는 단합과 화합의 힘을 보여 주고자 했다.

아이들은 우리를 비추는 거울이며 사랑과 순수함은 치유의 불꽃이다. 모두에게 평화를.

권혜경

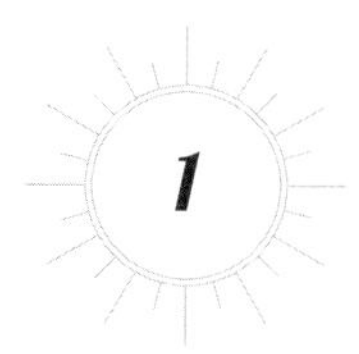

이곳은 천상계. 최고신과 천사들이 사는 곳. 아름다운 금빛 성으로 되어 있다. 그 성 안에는 학교와 같이 교실 같은 공간이 있고 운동장처럼 큰 공간도 있다. 그리고 항상 봄과 같은 풍경과 날씨이다. 수련천사들은 매일 훈련을 받는다.

최고신의 전사로서 검술과 겨루기 그리고 인간세상이 어떻게 돌아가는지를 관찰하며 배우고 천상계의 규칙을 공부한다. 700년의 훈련을 거친 후, 중간천사로서 역할을 배정받게 된다. 그들은 여러 별들의 수호자이자 특히 가장 아름다운 별 지구를 지키고 인간의 영혼의 일에 관여를 한다.

"미유엘. 너 또 사고 쳤구나?"

"베로엘. 난 이곳이 답답해. 떠나고 싶다."

미유엘과 베로엘은 천상계 중간천사들 중에 절친이었다.

"휴우. 우리가 어떻게 여기까지 왔니? 우리 이제 중간천사야. 정신 차려. 그러게 환생해야 할 영혼을 어디로 보낸 거야?"

"데브엘이 대천사에게 데려간다고 했는데…."

"너 그 말을 믿어? 데브엘은 천상계에서 쫓겨난 놈이잖아. 그놈도 곧 악마가 될 거라고 하던데…. 그놈들 무리랑 지금껏 어울려 다닌 거야?"

천상계에서는 또 한바탕 시끄러운 일이 생겼다.

미유엘은 사고뭉치 천사였다. 자꾸 천상계의 규칙을 어기고 마음대로 행동하는 부분이 있었다.

한편, 최고신은 대천사들의 이야기를 듣고 있었다.

"최고신이여. 감히 저희가 말씀드릴 것이 있사옵니다. 미유엘을 이렇게 두시면 안 됩니다. 악한 무리와 어울려 다닙니다."

"맞습니다. 최고신. 미유엘은 천사로서의 의무를 저버리고 있습니다. 가벼운 벌로는 이제 안 될 거 같습니다."

일곱 대천사의 성화에 최고신도 결정을 해야 했다.

최고신은 미유엘과의 만남을 기억했다. 그는 지상계에 천사들을 보내서 인간들을 살피도록 하지만, 언젠가부터 매일 간곡한 아이의 기도 소리가 천상계에 울려 퍼져서 자꾸 신경이 쓰이는 것이었다.

"흑흑… 저는 이 세상이 무섭고 배고프고 힘들어요…. 저는 혼자예요…. 하늘나라로 저를 데려가 주세요… 흑흑…."

"안 되겠다. 이 아이가 누군지 내가 직접 만나러 가야겠구나."

그 아이는 바로 미유엘이었다. 그가 인간일 때 13살 정도의 어린 나이에 부모가 돌아가시고 혼자 남아 사람들에게 이용당하고 온갖 어려움을 겪으며 힘들게 살아가고 있을 때 최고신이 손을 잡아 주었다. 그리고 하늘나라에 데려가 미유엘을 양육했다.

천상계로 가서 인간의 기억을 지우고 천사의 몸이 되었다. 천사로서의 모습을 갖추기 위해 미유엘은 700년을 그에 따라 열심히 수련한 끝에 중간천사로 승격이 된 것이다. 하지만 미유엘은 같이 수련하던 데브엘에게 자꾸 안 좋은 영향을 받았다. 데브엘은 수련을 하지 않고 몰래 인간 세계에 내려가 유흥을 즐기고 악마들과 어울려 다니고 인간을 괴롭히기도 했다.

미유엘은 열심히 해서 시험에 통과해 중간천사가 되었지만 데브엘은 잘못을 들켜서 천상계에서 쫓겨나 몇몇 자신과 같이 수련을 포기하거나 쫓겨난 천사들과 어둠의 굴에 살고 있었다.

미유엘은 데브엘과 인간 세계에 내려간 적이 있었는데 딱 한 번이라 가벼운 벌로 넘어간 적이 있었다. 그 가벼운 벌이라는 것은 1000일 동안 한 사람이 들어갈 만한 크기의 아주 좁은 가시덩굴에 갇혀 있는 것이었다. 이렇게 천상계의 죄는 아주 엄하게 다스려졌다.

데브엘은 자꾸 미유엘을 불러내서 인간 세계에 가자는 유혹을 던졌다. 미유엘은 거부했지만, 수련의 과정이 지겨워짐을 느끼는 찰나에 흔들리고 있었다.

미유엘은 인간의 기억을 지운 영혼을 환생시키는 곳으로 인도하는 역할을 했다. 하지만 그는 데브엘에게 인간의 영혼을 맡겼다. 이번에 또 속아 넘어간 것이다. 데브엘에게서 인간의 영혼을 데려온 대천사들은 한숨을 쉬었다.

"이것 보세요. 최고신. 인간의 영혼이 다 찢겼습니다. 저 못된 데브엘이…."

찢긴 인간의 영혼은 키로엘에게 보내져 치료의 과정을 100년 동안 거쳐야 한다. 이번엔 미유엘이 데브엘에게 넘어가 대역죄를 짓게 된 것이다.

최고신은 황금 의자에 앉아 큰 손으로 책상을 탁 쳤다. 번개가 번쩍이고 천둥소리가 났다. 결론이 내려진 것이다.

"미유엘. 데브엘은 자기 무리들과 악마로 변하고 있어…. 절대 믿으면 안 돼."

"천상계가 난 지긋지긋해. 차라리 인간이 되고 싶어. 여긴 규칙이 너무 엄해. 인간들은 밤에 자유롭게 술 마시고 놀던데, 너무 부럽지 않아?"

"넌 무섭지도 않니? 대천사님들이 최고신께 이야기하면 넌 큰 벌을 받을 텐데…."

중간천사인 그들이 이야기하고 있을 때, 천둥과 같은 목소리로 미유엘을 부르는 소리가 들려왔다. 최고신이 부르는 것이었다.

"미유엘!"

미유엘은 다른 천사들에게 잡혀서 끌려갔다.

최고신 앞에 무릎 꿇은 미유엘. 최고신은 자비롭지만 지금은 가장 무서운 존재였다.

그는 고개를 들 수가 없었다.

"미유엘! 너의 죄는 아주 명백하다. 천사로서의 의무를 다하지 않은 점 인정하느냐!"

최고신의 목소리는 온 천상계를 들썩이게 만들 정도였다.

"네…."

"넌 큰 벌을 받아 마땅하다! 그 벌로 지금부터 넌 인간 세계에 내려가 천 년 동안 빛의 아이 77명을 수호하라. 임무 수행 중간중간 보고하고 그 임무가 끝난 후 돌아오면 너의 직위를 다시 생각해 보겠노라!"

2

"수민아, 우리 다른 과랑 미팅한다는데 너도 갈 거지?"

"글쎄… 난 아르바이트하러 가야 돼서 못 가겠다. 희영아, 나 대신 재 밌게 놀고 와."

나와 희영이는 고등학교 동창이자 대학교도 같은 학교 같은 과인 절친 이었다.

한빛대학교 유아교육과 2학년. 우리는 고등학생 때도 절친이었다. 내 가 좀 특이한 아이라 다른 친구들이 날 이상하게 보고 난 혼자 있기도 했 고 따돌림도 당했다.

우리가 친해지게 된 계기가 있었다. 어느 날, 학교를 마치고 집에 가려 는데 한쪽에서 불량학생들의 목소리가 들렸다.

그래서 나는 몰래 숨어서 지켜보았는데 우리 반 친구 희영이가 그들에 게 잡혀 있었다.

"나 돈 없어…."

“야! 너 돈 있잖아. 이년이 뻥을 치네. 아까 아이스크림 사 먹던데? 좋은 말로 할 때 내놔라.”

불량학생 셋이서 희영이를 에워싸고 툭툭 치면서 협박하고 있었다.

‘아오, 진짜 저런 못된 것들….’

“누나. 내가 때려 줄까요? 나 누나 소문 듣고 왔는데, 나 좀 도와줘요.”

초등학생 고학년쯤 돼 보이는 아이 귀신이었다.

“음…. 네가 어떻게 도와줄 건데?”

“내 친구들 데려왔는데, 같이 가서 저 나쁜 누나들 때려 줄게요. 어서 저 누나 구해요.”

“그래? 오케이. 가자!”

나는 아이 귀신과 함께 진격했다.

“야! 너희들 그렇게 할 일이 없냐? 희영이 그만 괴롭히고 꺼져라.”

“넌 뭐냐? 맞고 싶냐? 신경 끄고 가라.”

“허허, 빨리 꺼지는 게 좋을 텐데?”

나는 아이 귀신들에게 손짓하며 돌격을 외쳤다.

아이 귀신들이 불량학생들에게 달려들어서 머리를 잡아 뜯고 옷을 찢고 팔다리를 깨물고 가방을 빼앗아서 막 때리고 난리가 났다.

“어? 뭐야? 내 몸이 왜 이래? 아야!”

다들 아무것도 보이지 않는데 무언가에 이리 끌려다니고 저리 끌려다니고 아프다고 소리 질렀다.

그 틈을 타서 희영이는 나와 함께 그곳에서 뛰어나왔고, 그날 이후로 희영이와 절친이 되었다. 그리고 친구들은 나를 이상하게 보기 시작했다.

나는 초등학생 때부터 아이 귀신들이 눈에 보였다. 그래서 그때는 나도 어렸기 때문에 아이 귀신들의 이야기를 들어주었고, 중학생 때도 그랬다. 고등학교 들어가서는 직접 발로 뛰며 아이들의 억울함을 풀어 주는 역할을 하며 지내고 있었다. 가끔 귀신과 이야기하느라 혼잣말을 하고 친구들의 속마음을 다 알아 버리고 그래서 신기해하는 친구들도 있었지만, 이상하게 보는 친구들이 더 많았다.

한때는 친구들이 나에 대해 아는 게 싫고 두렵기도 했었지만, 희영이와 친해지게 된 그 사건이 있고서는 무슨 용기에서인지 그때부턴 아무것도 신경 쓰이지 않았다. 불량학생 그 친구들이 소문을 냈는지 친구들은 날 피해 다니고 수군거렸다.

나는 희영이에게만 모든 이야기를 다 털어놓았고 그 친구만 내 말을 믿었다. 고등학교 내내 귀신 붙은 애라는 별명을 달고 살았지만, 집에서는 부모님이 걱정하실까 봐 전혀 내색하지 않고 늘 밝게 지냈다.

학교에서 외롭기도 했지만 혼자 있는 게 편했다. 그때부터 난 평온함을 찾기 위해 명상을 했고, 나 자신에 대해 탐구하는 철학에 관심이 많았다. 그래도 희영이가 날 이해해 줬기 때문에 버틸 수 있었는지 모른다.

아무튼 나도 미팅인지 뭔지 가고 싶었지만 난 그럴 만한 여유가 없었다. 우리 부모님은 시골에서 농사를 지으시는데, 이제 나이가 드셔서 온몸이 다 아프다고 하신다. 자식이라고는 나와 오빠뿐인데 오빠는 미국에 유학을 갔다.

오빠 뒷바라지를 하시느라 부모님은 늘 바쁘시다. 나는 부모님께 손을 벌리기 미안해서 그냥 내 생활비는 내가 벌어서 쓰기로 했다.

나름 열심히 공부해서 성적이 잘 나오는 편이라 장학금을 받고 나머지 생활비는 내가 편의점 아르바이트로 돈을 벌어서 쓰고 있다.

학교에 갔더니 수민이가 쉬는 시간마다 나를 따라다니며 미팅 나갔던 이야기를 재잘거렸다.

"수민아, 우리 경찰학과랑 미팅했잖아. 근데 나 그중 한 명이랑 연결됐어. 호호~"

"그랬어? 잘됐네. 너의 이상형이야? 키 180㎝에 잘생겼고?"

"아니…. 얼굴은 잘생겼는데 키가 작아. 173㎝래."

잠시 희영이는 아쉬워하는 내색이 보였다.

그때 마침 카톡 메시지를 보고는 그에게서 만나자고 연락이 왔다고 막 기뻐했다.

그 모습을 보고 있으니 웃음이 나왔다.

편의점 아르바이트를 마치고 11시가 돼서야 집으로 향했다.

곧 시험 기간이라 집에 가서 공부를 해야 한다. 그렇게 생각하니 더 피곤했다.

"배고파, 배고파…."

어디선가 아이의 목소리가 들렸다.

나는 그 소리를 무시하고 계속 가려고 했다.

점점 소리가 가깝게 들려왔다.

"나 여기 있는데…. 배고파."

아이 귀신의 소리였다. 모른 체 지나가려고 했는데 어김없이 나를 쫓아왔다.

"휴… 배고프니? 넌 왜 여기서 이러고 있어?"

가방에 편의점 사장님이 주신 초코빵 한 개가 있었다.

이거 내일 아침에 먹으려고 했는데 얘가 또 날 어떻게 알고 찾아왔지 하는 생각이 들었다. 아이는 옷이 허름했고 신발도 찢어져 있었다. 행색이 너무 불쌍해서 나는 초코빵을 아이에게 주었다.

아이 귀신은 정신없이 빵을 먹어치웠다.

"네 부모님은 누구야? 왜 이렇게 헤매고 있니?"

"아빠가 날 버렸어. 날 때리고 밥도 안 주고 엄마 없을 때 날 버렸어."

"이런… 부모님 집이 어딘데? 내가 데려다줄까?"

그러자 아이가 고개를 끄덕였다.

"지금은 늦었으니 내일 가 보자. 내가 공부하고 잠도 자야 해서 말이야."

나는 집으로 갔고 아이는 우리 집에 들어와서 한쪽에 앉아 있다가 잠이 들었다. 나는 공부하느라 새벽 2시가 돼서야 누웠다.

아침이 되니 아이가 보이지 않았다.

태양이 강렬히 떠오르니까 아이는 숨을 수밖에 없었을 것이다.

아르바이트를 쉬는 날이라 학교 수업이 끝나고 바로 집으로 왔다.

해가 지고 나서야 아이가 눈에 보였다.

아이를 앞장세우고 아이의 집을 찾았다.

집을 찾아가서 그 집의 벨을 눌렀다.

"누구세요?"

어느 여자가 나왔다. 집은 언덕에 있는 초라한 집이었다.

"여기 혹시 김민우라는 아이 집인가요?"

“네. 맞는데요. 우리 민우를 아세요?”

아이 엄마는 눈이 동그래져서 아이를 봤냐고 물었다. 아이를 찾는 중이라고 말했다. 아이 아빠는 집에 없는 거 같았다.

민우를 안다고 말하자, 아이 엄마는 울음을 터뜨리며 어디서 봤냐고 나한테 매달렸다.

“저… 제 말 믿으실지 모르겠지만… 민우가 여기 있어요.”

“네? 어디요? 우리 민우가 어디 있나요?”

아이는 엄마를 부르며 울고 있었다. 엄마 눈에는 아이가 보일 리 없었다.

“저기… 어머님…. 민우… 죽었어요….”

“네? 그게 무슨 말이에요? 우리 아이가 갑자기 사라져서 실종신고를 했는데 죽었다니요? 그럴 리가요…. 말도 안 돼요, 흑흑….”

나는 내가 귀신을 보는 걸 이야기했고 민우가 옆에 있다고 말했다. 그리고 아빠가 민우를 학대하고 버렸다고 이야기를 전해 주었다. 많이 배고파하고 엄마를 찾는다고, 아이 시신은 근처 산에 있다고도 말해 주었다. 그리고 이런 이야기를 해 준 나에 대한 건 아무도 모르게 해 달라고 부탁을 했다. 아이의 엄마는 알겠다고 고개를 끄덕이며 한참을 나를 붙잡고 울었고, 나는 아이와 인사를 하고 집으로 돌아왔다.

다음날 뉴스에 떠들썩하게 난리가 났다.

실종신고 했던 아이가 시체가 되어 돌아왔다고, 아빠가 학대하고 버렸다는 등등, 근처 야산에서 아이의 시신을 찾았고 아빠는 검거되었다는 내용이었다.

참 세상 살기가 어렵다고 하지만 이런 일은 없어야 하는데 말이다.

"수민아 혹시… 네가 그 아이 부모에게 데려다준 거야? 맞지?"

"그래, 맞아."

"네가 아니면 누가 그러겠니…. 너도 참 대단하다. 무섭지는 않니?"

내 눈에 아이의 귀신이 보이는 건 고등학생 때부터 있던 일이라 희영이도 잘 알고 있었다. 그리고 나는 아이가 보이면 이야기를 듣고 집으로 보내줘야 마음이 편했다.

뉴스가 나오고 나서도 기자들이나 경찰들이 날 찾아오지 않는 게 다행이었다. 난 아무도 모르게 이런 일을 하고 있었다. 그냥 그게 좋았다. 나를 이상하게 보는 시선도 싫고 시끄러운 일에 얽매이기 싫었기 때문이다.

아르바이트가 끝나고 집에 와서 공부를 하다가 잠시 쉬기 위해 원룸 옥상으로 올라갔다. 가끔 하늘을 보고 있으면 달과 별들이 반짝이는 걸 보면 힐링이 되곤 했다.

멍하니 별들을 보고 있는데, 갑자기 별똥별이 하나 떨어지는 모습을 보았다. 뭔가 특별한 일이 있을 거 같은 예감은 뭘까?

시험이 끝났다. 이제 한숨 돌리겠구나.

"수민아, 우리 시험도 끝났는데 다음 주말에 놀러 갈래? 나 그 사람이랑 사귀기로 했어. 근데 처음으로 캠핑 가자고 하는데 같이 가자~ 응?"

"글쎄…. 다음 주말? 나 아르바이트 사장님한테 물어보고 말해 줄게."

나는 선머슴 같아서 남자에게 별로 관심이 없었지만, 캠핑은 좋아했다. 시험도 끝났고 재미있는 추억을 만들고 싶었는데 마침 좋은 제안 같았다. 난 사장님에게 양해를 구하고 희영이를 따라 캠핑을 가게 되었다.

여행은 너무 기분이 좋고 설렌다.

희영이 남자친구가 운전하는 차를 타고 캠핑 장소로 출발했다.

"안녕하세요, 수민 씨. 저는 희영이 남자친구 이민석이라고 합니다."

"네, 반가워요. 저도 캠핑에 초대해 주셔서 고마워요."

희영이는 한껏 들떠 있었다. 남자친구에게 잘 보이고 싶어서인지 머리를 풀어헤치고 무릎 정도 길이의 스커트를 입고 높은 힐까지 신고 있었다. 희영이의 그런 모습도 행복해 보이니 좋아 보였다.

이민석이라는 남자는 키는 작지만 하얀 피부, 다부진 체격에 선한 얼굴이었다.

캠핑 장소에 도착해서 희영이는 높은 힐을 신고 걸으며 낑낑대고 있었다.

"희영아, 구두 굽이 높은데 불편하지 않아?"

"아냐, 괜찮아. 오빠."

커플의 대화였다. 난 속으로 생각했다.

'희영이가 남자를 만나더니 안 하던 짓을 하는군.'

난 희영이 옆에 살짝 가서 조용히 입술을 깨물며 복성으로 말했다.

"야, 너 그러다 넘어져. 다른 걸로 갈아 신어. 캠핑에 무슨 힐이니?"

"그냥 내버려두지. 이쁘게 보여야 될 거 아냐?"

저쪽에서 텐트를 치다가 민석 씨는 우리를 보며 웃었다.

나는 희영이를 툭툭 치며 내 가방에서 삼색 슬리퍼를 꺼냈다.

"빨리 이거 신지 그래? 넘어지면 창피할 텐데."

"필요 없다고. 얘가 왜 이래? 민석 오빠!"

희영이는 내 말을 듣지 않고 돌아서서 텐트를 치고 장비를 세팅하고 있는 그에게로 걸어갔다.

아이고, 이게 웬일이니. 구두가 8㎝ 굽은 되어 보이는데, 희영이는 돌에 걸려 넘어지고 말았다.

치마를 입고 구두를 신고 벌러덩.

어느새 재빠르게 민석 씨가 달려왔다.

"아야!"

"희영아, 괜찮아?"

민석 씨의 매너 손이 희영이의 올라간 치마를 내려 주었다.

난 창피해서 안 보고 싶었지만 달려갔다.

"기집애야. 그러니까 내가 슬리퍼 신으랬잖아."

희영이는 넘어지고 창피한지 일어나서 할 수 없이 삼색 슬리퍼를 신었다. 돌에 걸려 넘어져 어차피 8㎝ 굽은 부러져 버려서 신을 수도 없었다.

세팅을 마치고 좀 쉬고 나니 저녁때가 되어 민석 씨는 숯불에 고기를 구워 주었다.

"민석 씨. 잘하시네요. 캠핑 한두 번 가 본 솜씨가 아닌데요?"

"그치? 우리 민석 오빠 멋있지?"

희영이는 고기를 굽는 그를 보며 눈에서 하트가 쏟아지고 있었다.

"네, 부모님이랑 형이랑 식구들끼리 어릴 때부터 캠핑을 자주 다녀서 그래요."

그는 쑥스러워하며 말했다.

참 선량한 청년이로군. 희영이가 이번엔 남자를 좀 잘 고른 거 같아 보였다. 둘이 잘 어울려 보이고 그는 희영이를 잘 챙겨 주었다.

밤이 되니 날씨가 더 차가워졌다. 우리는 야외에서 고기와 술을 약간 마신 후 따뜻한 차를 끓여 마셨다. 건전하게 즐기고 우리는 텐트 안으로 들어갔다. 민석 씨는 작은 텐트에서 따로 잔다며 우리에게 큰 텐트에서 편히 쉬라고 말했다.

다른 사람들은 밤새도록 시끄럽게 떠들며 술을 마셨다.

난 잠이 들었다가 화장실이 가고 싶어서 깼다. 새벽 3시 반쯤이었다. 밖에 나와서 화장실을 가는데 자연의 향기가 너무 좋았다.

나는 새벽에 걸어가며 자연의 향기를 즐겼다.

화장실에서 막 나오는데 문득 머릿속에 순간적으로 어떤 장소가 스쳤다. 잠깐 스친 그 장면에는 불이 활활 타오르고 있고, 아이들이 있고, 검은 옷을 입은 존재가 보였다.

'음? 어디일까?'

나는 그냥 그 장면에 이끌려 발걸음을 옮겼다.

텐트촌 반대편 숲속으로 그냥 걸어갔다.

'분명 그곳에 무슨 일이 일어나고 있었어….'

"무서워요…."

어디선가 아이의 목소리가 들렸다.

돌아보니 내 뒤에 작고 초라하게 보이는 아이의 귀신이 서 있었다.

"앗, 깜짝이야. 넌 누구니?"

"누나. 내가 보인 거죠? 지금 거기 가는 거죠?"

"응? 무슨 말이야? 나 지금 어디에 불이 난 거 같아서 그곳 찾는 건데…."

"누나, 그 아저씨들한테 친구랑 또 여러 아이들이 붙잡혀 있어요. 우리를 다 불에 태워 버린대요. 무서워요."

난 아이가 불쌍해서 이리 오라고 안아 주려고 손짓을 했다.

"누나한테 안기지 못해요. 누나는 몸에 빛이 있고 너무 뜨거워서 우리가 가까이 갈 수는 없어요. 장난치려고 해도 할 수가 없어요. 우린 거리를 유지해야 해요."

그 아이의 말을 듣고 보니 맞는 말 같았다. 내가 아이의 귀신 여럿을 봤지만, 아이가 나한테 들러붙거나 하지 않고 만지거나 안아주려고 하면 피하고 적당한 거리를 유지한 이유를 알게 되었다.

"그 아저씨는 어디 있니? 누구야?"

"그 아저씨들 말로는 천사래요. 그런데 어떻게 천사가 그렇게 나빠요? 우리는 천사라는 말을 믿고 환생하게 도와준다고 해서 그 아저씨들을 따라가고 시킨 대로 다 하고 그랬는데, 이상해서 도망가려다 붙잡혔어요."

"천사라고? 그건 말이 안 되는데…. 천사가 나쁜 짓을 한다? 내가 본 장면은 검은 옷을 입은 악마 같은 얼굴이었어."

어떻게 해야 하지? 난 아무 힘이 없는데. 이 아이 귀신은 나한테 도와달라고 하는데…. 순간 많은 생각이 머릿속에 스쳐 갔지만 일단 아이를 따라가 보기로 했다.

도대체 어떤 상황이 벌어지고 있는지 호기심도 발동했고 직접 보고 싶은 마음이었다.

아이를 따라 숲속으로 한참 들어가니 소리가 들려왔다.

"이놈들… 이 천사님의 말을 거역하고 도망을 치다니!"

그 장면을 몰래 아이와 숨어서 지켜보았다.

검은 망토를 입은 아주 큰 체구의 존재가 앉아 있고 그 옆에 굽신거리는 존재 하나가 더 있었다. 가운데에 불이 활활 타오르고 있었고 아이들 영혼은 밧줄에 꽁꽁 묶여 있었다.

아이들은 6명 정도 붙잡혀 있었다.

"나머지 한 놈은 어디로 도망친 게야?"

"몰라요, 살려주세요…. 이제 안 그럴게요, 흑흑…."

아이들은 엉엉 울며 살려달라고 애원하고 있었다.

"하하하! 너희들 데리고 노는 게 재미있어. 불에 던져 볼까? 아니면 배고픈데 잡아먹을까? 흐흐!"

"데브엘 님. 인간의 영혼 이제 40명 남았습니다. 아이들 영혼을 드시면 힘이 더 강해지실 것입니다."

"하하, 그럼 난 이제 완전한 어둠의 제왕이 되는 것이냐? 움하하하! 내가 어둠의 제왕으로 다시 태어나면 최고신도 날 이기지 못할 것이다."

그 말을 들은 내 옆에 아이는 입을 틀어막고 소리 나지 않게 울고 있었다.

그 큰 악마 놈은 묶여 있는 아이 한 명을 데리고 와서는 아이가 살려 달라고 발버둥을 치는데도 불 속에 던졌다. 그리고 아이가 뜨거워서 막 울고 소리치다가 조용해지니 불 속에서 꺼내어 한입에 삼켜 버렸다. 끔찍한 장면이었다.

아이들은 그 악마인가 천사인가 하는 놈의 행동을 보고 사시나무 떨듯 벌벌 떨며 울고 있었고, 그놈과 부하는 아주 만족스러운 얼굴을 하고 있었다.

이게 다 무슨 소리일까? 인간의 영혼을 잡아먹는 악마라니….

내가 이 상황에서 어떻게 해야 할까?

"잠깐! 이게 무슨 냄새지? 도망친 아이의 영혼이 이 근처에 있는 거 같은데."

"잡아 올까요? 어… 어디선가 빛이…."

"허허, 이상하다…. 왜 자꾸 몸에 힘이 안 들어가는지…. 어디서 빛이 들어오는구나. 벌써 아침이 온 것이냐?"

"어어… 이상합니다, 데브엘 님. 태양이 뜨려면 아직 한 시간이 남았는데 저도 빛이 느껴집니다."

저건 또 무슨 소리일까? 이 아이가 곧 잡혀가는 건가? 난 어떻게 해야 이 아이들을 구할 수 있을까? 빛이 느껴진다니 저건 또 무슨 말일까? 난 뭐라도 해야 했다.

저놈들이 이 아이까지 잡아가면 안 되니까, 난 내 옆에 있는 큰 나뭇가지를 손에 들었다. 나도 정말 무서웠다. 하지만 아이들 영혼을 구해야 한다는 생각에 내가 막대기를 들고 그놈들 앞에 가려는 순간이었다.

"읍….”

누군가 내 입을 틀어막았다. 새하얀 존재였다. 새하얀 망토로 내 몸을 가렸다.

"쉿.”

"이런… 빛이 가까이 왔다. 힘을 쓸 수 없다. 어서 피하자.”

"네, 데브엘 님. 저 아이들을 데리고 일단 피하시게요.”

새하얀 존재는 망토로 가린 채 나를 데리고 그놈들에게 가까이 다가갔다.

"데브엘! 치사하게 이게 무슨 짓이냐!”

"이런, 미유엘 너구나…. 다음에 보자.”

그 악마 같은 놈들은 허둥지둥 아이 한 명만 데리고 사라져 버렸다.

그놈들이 사라지자 새하얀 존재가 날 놓아주었다.

난 달려가서 아이 영혼들을 나한테 닿지 않게 해서 풀어 주었다.

아이 영혼들은 나와 조금 닿기라도 하면 뜨거운 불에 덴 것처럼 소스라치게 놀랐다. 난 그제야 안도의 한숨을 내쉬었다.

"아… 한 명을 못 구했구나. 아니, 두 명이네….”

잡아먹힌 한 명과 잡혀간 아이 한 명을 말하는 것이었다.

구조된 아이들은 모두 서로 부둥켜안고 기뻐했다.

정신을 가다듬고 보니 갑자기 나타난 키가 큰 새하얀 존재가 눈에 들어왔다.

새하얀 망토 옷을 입고 키는 185㎝ 정도 되어 보였고, 갈색빛 머리카락과 조금은 차가운 눈매. 남들이 말하는 상남자 스타일 얼굴의 남자. 망토 옆엔 긴 칼을 차고 있었다.

아니, 산신령인가? 산신령은 긴 지팡이를 들고 있는데. 긴 칼을 차고 있는 이 사람은 누구일까. 다른 나라에서 왔나? 옛날 어느 시대에서 날아온 걸까?

"그런데 당신은 누구세요? 산신령님이세요?"

"난 천사 미유엘이다."

"네? 천사라고요? 날개는 어디 있어요? 등 뒤에 있나요?"

나는 천사라는 말에 놀라서 거짓말 같기도 하고 그의 등 뒤를 살폈다.

"너희들은 어서 돌아가라! 왜 문이 열렸을 때 가지 않았느냐? 여기서 방황하다가 또 악마를 만날 수 있으니 어서 가거라."

내 말에 그는 아랑곳하지 않고 아이들 영혼에게 말했다.

그리고는 허공에 한쪽 손바닥으로 큰 원을 그렸는데 그곳에 빛이 감돌면서 눈부신 동그란 빛의 통로가 생겼다. 아이들은 무서움에 떨다가 그 빛의 통로를 보더니 얼굴에 화색이 감돌았다.

"우와, 감사합니다. 진짜 천사님."

아이들은 모두 인사를 하고는 통로를 향해 기쁜 표정으로 뛰어갔다. 아이들 영혼이 모두 들어가자 통로가 사라졌다.

나는 감탄하며 박수를 쳤다.

“진짜 천사님 맞아요? 와, 신기해요.”

“넌 아까 그 악마들에게 너의 존재를 들켜서는 안 된다. 각별히 조심해야 해.”

“네? 왜요?”

어느 순간 그는 사라져 버렸다. 뭐야, 어디 간 거지? 찬 바람이 쌩쌩 분다. 아무튼 그래도 위험한 순간에 도와줘서 고맙긴 했다.

어느새 아침이 밝아오고 있었다. 새벽에 엄청난 사투를 벌이고 우리 텐트로 걸어와서 난 바로 곯아떨어졌다.

‘그가 널 지켜 줄 것이다.’

귓가에 누군가가 속삭이는 소리가 들렸다.

“수민아, 일어나. 점심 먹어야지. 이제 곧 여기서 나가야 해.”

나는 희영이의 목소리를 듣고 잠에서 깼다.

벌써 오후 1시가 되었다. 나는 일어나서 점심을 먹고 그들과 캠핑장에서 나왔다.

새벽에 있었던 일들이 꿈만 같았다.

그리고 자기가 천사라고 했던 그 사람. 머릿속에서 계속 떠올랐다.

학교 봉사 동아리에서 보육원에 봉사활동을 가기로 했다.

"수민아, 봉사활동 갈 거지? 내가 그날 아침에 데리러 갈게."

동아리 정우 선배가 나에게 말했다. 나는 너무 고마웠다.

"네. 고마워요, 선배."

정우 선배는 그렇게 봉사활동을 다닐 때 늘 나를 챙겨 주고 데리고 다녔다. 참 고마운 선배라고 생각했다.

동아리 방에서 나와서 희영이를 만나서 그 이야기를 했다.

"수민아, 혹시 정우 선배가 너 좋아하는 거 아니니?"

"에이 설마…. 나처럼 멋도 안 부리고 털털한 사람을 왜 좋아해?"

"맞아, 그건 그래. 넌 너무 안 꾸미고 다니는 거 같아. 좀 꾸미고 다녀 봐. 너도 남자친구 사귀고 싶지 않아?"

잘 모르겠다. 난 모태 솔로라서 남자친구를 사귄다는 게 무슨 의미인지도 감이 오질 않았다. 초등학생 고학년 때 동네 오빠를 잠깐 좋아했고 중학생 때 공사장에서 일했던 아저씨를 보고 설레었고 그게 다였다. 난 왜 이럴까.

　여느 때와 같이 편의점 아르바이트를 마치고 집에 가는 길.

　어디선가 몹시 급한 여자의 목소리가 들려왔다.

　"도둑이야! 저놈 잡아라!"

　갑자기 내 옆을 누군가 툭 치고 빠르게 뛰어갔다.

　어떤 아주머니가 막 뛰어오면서 '도둑이야'를 외치고 있었다.

　그 도둑은 가방을 들고 날쌔게 도망갔다,

　"어? 도둑이요? 방금 지나갔는데….”

　"아이고 내 돈! 그게 얼만데…. 저 도둑놈이….”

　아주머니가 도둑이 안 보이자 바닥에 털썩 앉아서 바닥을 치며 통곡했다.

　나는 갑자기 정의감에 불타올라 화가 나서 그 도둑을 쫓아갔다.

　가다가 큰 우산이랑 빗자루가 버려져 있는 것을 보고 그것을 양손에 들고 그 도둑을 쫓아갔다. 나도 '도둑이야'를 외치며 뛰어갔다.

　나는 중학생 때 육상부를 해서 달리기가 꽤 빠른 편이었다.

　미친 듯이 그 도둑놈을 쫓아갔다. 골목골목 돌아서 드디어 그 도둑이 내 눈앞에 보이기 시작했다.

　"야! 거기 서! 이 자식아!"

　그런데, 그 도둑이 저기 앞에 보이는데 이상했다. 그렇게 달리기를 잘하던 사람이 갑자기 멈춰서 꿈틀대고 있었다.

　일단 멈춰 있어서 잡기 쉽겠다 싶어서 나는 더 빠르게 뛰어서 잡으려 했다.

“허허, 어린 아가씨가 이렇게 무모한 행동을 하다니. 한수민.”

갑자기 이렇게 말하며 그 천사라는 그분이 내 앞에 어느덧 와 있었다.

“헉헉… 어? 웬일이에요? 어디서 온 거죠? 암튼 비켜 봐요. 나 저 도둑놈 잡아야 돼요.”

“안 된다. 네가 위험해지면 안 돼.”

“왜요? 저 나쁜 놈이 돈이 든 가방을 훔쳤다고요. 빨리 찾아서 줘야 해요.”

“어차피 저 놈은 저대로 움직이지 못할 것이다. 내가 할 테니 기다려라.”

정말 가만히 보니 도둑은 움직이려는데 움직일 수 없어서 낑낑대고 있었다.

미유엘은 그에게 가서 가방을 가져왔다.

조금 있다가 그 아주머니가 경찰과 함께 오는 소리가 들렸다.

가방을 그 자리에 두고 미유엘은 나를 자신의 망토로 감싸 안았다.

순간 이동해서 마법처럼 난 우리 집 앞에 미유엘과 서 있었다.

“가방은 주인에게 갔고 도둑은 경찰에게 잡혀갔다. 걱정 말아라.”

“잘됐네요. 도와줘서 고마워요. 근데 순간이동도 막 하네요?”

“큰일 날 뻔했구나. 그 도둑은 칼을 가지고 너에게 휘둘렀을 것이다. 제발 무모하게 굴지 마라. 그럴 땐 경찰에 신고하면 된다.”

“내 앞에서 그런 일이 일어났는데 어떻게 모른 척해요? 근데 왜 저를 걱정해 주는 거예요? 어떻게 알고 막 나타나는 거죠? 헉…. 어디 CCTV 설치하고 감시해요?”

호기심 많은 나의 말을 듣고 미유엘은 깊은 한숨을 쉬었다.

그만 들어가서 쉬라고 말하며 미유엘은 사라졌다.

도대체 뭐지? 왜 내가 위험해지면 나타나는 걸까? 수호천사 그런 건가?

나는 이 존재를 아직 아무에게도 말하고 싶지 않았다.

걱정을 하는 것 같기도 하고 귀찮아하는 것 같기도 하고, 아무튼 그가 날 생각하는 게 뭐가 뭔지 모르겠다.

봉사활동 가는 날 아침에 정우 선배가 집 앞까지 날 데리러 와 줬다. 난 정우 선배의 차를 타고 기쁨 영아원으로 갔다.

우리 동아리 친구들과 선후배들과 만나서 아이들 간식을 사고 그곳으로 갔다. 이곳에 몇 번 왔다고 익숙해졌는지 아이들이 우리를 많이 반가워했다.

나와 희영이는 유아교육학과라서 미리 아이들 경험할 겸 보육원 봉사활동은 꼭 빠지지 않고 다녔다. 남자 학우들은 주로 청소와 짐 나르기 등을 했고 우리는 아이들 목욕을 시키고 옷을 갈아입혔다.

그리고 지하창고 청소를 도와주러 나와 희영이는 밑으로 내려갔다.

남자 선배 몇 명이 청소를 하고 있었다. 지하실은 빛이 들어오지 않고 캄캄했다.

전등불을 켰는데도 구석은 어두웠다. 구석에 가서 정리를 하는데 그곳에도 아이들 귀신이 있었다.

"누나, 우리 보여요? 이야기 좀 들어주세요."

"오빠, 이제 우리 엄마가 우리 찾을 수 있어?"

구석에 숨어 있던 아이들 둘이 나에게 말했다.

둘은 남매처럼 보였다. 닮은 구석이 많이 있고 나란히 손을 잡고 있었다.

“무슨 이야기? 너희들은 왜 여기 있니?”

내 목소리를 듣고 몇몇 남자선배들이 자기들을 불렀냐고 물어봤다. 희영이는 눈치를 채고 그 선배들을 데리고 나갔다.

“우리 엄마는 여기 선생님들 중 한 명이에요. 엄마는 아빠랑 이혼하고 나갔는데 아빠는 우리를 돌봐 주지 않았어요. 아빠는 다른 아줌마랑 결혼해서 다른 나라로 떠나고 우리는 여기로 버려졌어요.”

“여기서 잘해 줄 텐데 왜 죽게 된 거니?”

“선생님들이 잘해 줬지만 우리는 전염병이 돌았을 때 죽었어요. 그 후로 엄마가 여기로 들어와서 우리가 여기에 있는지 몰라요.”

그 아이들의 엄마는 사회복지사였고 이혼을 한 후 다른 사람과 살다가 또 헤어졌다고 한다. 아이들은 엄마의 존재를 느끼고 너무 좋아서 떠나지 못했나 보다. 엄마 곁에 머무르고 싶었던 거겠지.

나는 그 선생님을 찾아갔다. 그리고 따로 이야기를 했다.

먼저 나의 특이한 능력에 대한 이야기와 아이들이 전한 이야기를 고스란히 전했다.

그 선생님은 처음에 의심했지만, 이야기를 듣다가 눈물을 뚝뚝 흘렸다.

그리고 나와 함께 원장님을 찾아가 그 남매에 대해서 물어보았다.

“음…. 그 아이들은 마음에 상처가 커 보였어. 여기 와서도 엄마를 많이 찾았고 둘은 서로 의지하고 잘 지냈었지. 그런데 밥이든 음식이든 잘 먹지를 않았네. 우리가 어떻게든 먹여 보려고 했지만 많이 힘들어했어. 그러다가 신종플루가 돌았을 때 폐렴이 와서 남자아이가 떠나고 며칠 후 여자아이도 그렇게 떠나 버렸네. 이 선생이 그 아이들 엄마라니….”

"제가 그때 이혼하지 않고 아이들을 잘 챙겼더라면…. 엄마가 잘못했어. 민호, 민지야. 흑흑…."

아이들이 죽고 화장을 해서 근처 강에 뿌렸다고 한다.

현생을 떠나는 문이 열렸을 텐데 이 아이들은 미련이 남아 떠나질 못했나 보다.

이건 나중에 미유엘에게 부탁해야겠다.

아이들 떠나보내는 문을 그가 열 수 있으니 말이다.

봉사활동이 끝나고 선후배들과 친구들이 나에게 와서 무슨 얘기했냐고 막 물어보는데 나는 대충 얼버무렸다. 희영이도 눈치껏 같이 도와줬다.

뒤풀이로 밥을 먹고 맥주를 마시러 술집에 갔다.

난 아이들이 불쌍해서 그날은 참 마음이 힘들었다,

그래서 술이 정말 술술 들어갔다. 희영이는 좀 취해서 남자친구가 데려가고, 나는 정우 선배가 데려다준다고 했다. 정우 선배는 대리운전을 불러서 우리 집에 나를 내려줬다. 그런데 어찌 대리운전을 보내는 것이 아닌가.

"선배. 대리운전을 왜 보내요? 어서 가요. 난 괜찮아요. 나 멀쩡해요."

나는 술도 잘 먹어서 잘 취하지 않았다. 그리고 내가 망가지는 걸 나 자신이 용납하는 스타일도 아니었다.

정우 선배는 그날 꽤 취해 보였다. 차에서 내려서 나에게 말했다.

"수민아. 우리 어디 가서 술 한잔 더 할래?"

"아뇨. 선배 너무 취했는데. 그만 가요."

"에이. 수민아 한잔 더 하자. 아님 너희 집 가서 한잔 더?"

이렇게 말하면서 우리 집으로 막 들어가자고 밀어붙였다.

“어어, 선배 왜 그래요? 정신 차려요.”

그때 갑자기 퍽 소리가 나더니 그 선배가 쓰러졌다.

헉! 어디선가 미유엘이 나타났다.

미유엘은 얼마나 힘이 센지 정우 선배를 한 손으로 들어서 차 문을 열고 뒷좌석으로 눕게 했다.

“휴⋯. 진짜 못 봐 주겠다. 이 자식은 누구냐?”

“어머나. 오늘은 그렇게 위험하지 않았는데. 어디서 CCTV로 나 보고 있는 거 맞죠?”

“그 비슷한 게 있다. 나와 너는 연결돼 있어. 네가 위험하면 내가 살 수 없다. 난 귀찮아도 널 지킬 수밖에 없어.”

“아, 그렇군요. 저한테 능력 있는 거 알아요? 아이들 귀신 보는 거요. 보육원 봉사 갔다가 또 만났어요. 그 아이들 보내주세요.”

“휴⋯. 인간들은 어찌 아이들을 그렇게도 쉽게 버리는지⋯. 천상계에서도 많이 걱정하는 부분이다. 아이들은 내가 보낼 것이다.”

미유엘은 정우 선배의 차를 우리 집에서 멀찌감치 떨어져 있는 곳에 두고는 사라졌다.

난 집에 와서 누워서 생각했다. 힘이 정말 센가 보다. 한 손으로 사람을 들다니.

그 말은 뭘까? 내가 위험하면 미유엘은 살 수 없다니⋯. 나를 지켜야 하는 무슨 운명 같은 것인가? 아무튼 뭔가 든든하다. 귀신을 보고 문제를 해결하는 것을 나 대신 처리할 수 있는 누군가가 있다는 거. 떠도는 영혼을 조금 더 빨리 안전하게 보낼 수 있는 게 너무 안심이 되었다. 내 짐이 덜어진 느낌이랄까.

며칠 후 동아리 방에서 정우 선배를 만났는데 나한테 와서 사과를 했다.

"수민아…. 그날 내가 너무 취해서 너한테 실수를 한 거 같아. 미안하다."

"기억나세요? 괜찮아요. 앞으로는 그러지 마세요."

"응, 그럴게. 사과받아 줘서 고마워."

나는 쿨하게 받아들였다. 미유엘이 도와줘서 넘어갈 수 있었던 부분이다. 하지만 예전보다는 그 선배와는 조금 거리를 두게 되었다.

다른 동기들이 정우 선배가 날 좋아한다고 하는데 난 별로 관심이 없었다. 외모랑 집안이랑 나쁘지 않다고 나한테 잘해 보라고 등을 떠미는데, 난 전혀 그런 느낌이 없으니 내가 이상한 건가 싶다.

5

난 어두운 밤길을 걷고 있었다. 내가 간 곳은 어느 강가였다.

사람들이 눈에 초점을 잃은 채 물속으로 들어가고 있었다.

나는 그 모습을 보고 놀라서 사람들을 불렀다.

"이봐요. 이리 나와요! 어디 가는 거예요!"

휴…. 꿈이었다. 이 장면은 뭐지? 왜 사람들이 물속으로 들어가는 거지?

그 꿈을 꾸고 며칠 후였다.

"수민아, 너 그 뉴스 봤어? 요즘 자살 사건이 자꾸 일어난대. 그런데 웃긴 게, 죽은 사람들이 다 도박꾼들에 도둑들이래. 그리고 다들 물에 빠져 죽나 봐."

"그래? 듣고 보니 이상하긴 하구나…."

내 꿈에 본 일과 비슷했다. 나는 궁금해졌다. 진짜 사람들이 자살한 게 맞을까?

뉴스를 봤더니 내가 꿈에 본 그 물가와 비슷한 풍경이었다.

난 일부러 밤에 그곳을 찾아가 보았다. 이럴 때 미유엘이 와 주면 좋을 텐데, 하는 생각이 들었다.

조금 있다가 남녀 몇 명이 오길래 난 얼른 구석으로 숨어서 지켜보았다.

강에서 검은 연기가 일고 바람이 불더니 그들을 끌어당겼다.

그 들은 뭐에 홀린 듯이 강가로 걸어 나갔다.

나는 순간 그들이 가면 죽을 거라는 생각이 들어서 뛰어나가서 그들을 잡았다.

"안 돼요! 가면 안 돼!"

난 두 손으로 안간힘을 다해 그들의 옷깃을 붙잡았다.

끌어당기는 바람이 얼마나 센지 난 놓을 수밖에 없었다.

그들은 점점 물속으로 걸어갔다.

나는 또 그들의 뒤를 쫓아서 뛰어갔다.

그들이 풍덩 빠지고 나도 그들을 잡기 위해 물속으로 걸어갔다.

"가지 말아요!"

나도 발이 점점 닿지 않았다.

물에서 빠져나오려고 애를 썼지만, 점점 난 물속으로 가라앉고 있었다.

'미유엘….'

내가 정신이 희미해질 때쯤 하얀빛이 번쩍였다.

"한수민!"

난 물속에서 튕겨 나와 내 몸이 붕 뜨는 걸 느꼈다.

미유엘이 날 안고 밖으로 나왔나 보다.

"왜 이제 온 거야…."

내가 정신을 잃을 때쯤 그의 따뜻한 입김이 나의 입으로 들어왔다.

"제발 일어나. 한수민! 후~~~"

귓가에 멀리서 그들의 목소리와 칼이 서로 부딪치는 소리가 들려왔다.

난 정신이 혼미해졌다.

"데브엘! 이놈! 네가 인간들을 죽이고 영혼을 먹고 있었구나!"

"흐흐, 이게 누구야? 미유엘 아니냐? 난 이제 완전히 어둠의 제왕으로 부활할 날이 얼마 안 남았다."

난 다시 숨이 차올랐다. 그의 숨이 내 몸에 들어와 생명을 불어넣고 난 다시 살아났다.

미유엘은 검을 가지고 그 악마는 쇠사슬을 가지고 둘이 싸우고 있었다. 새처럼 가볍게 날아서 미유엘은 날렵하게 검으로 악마의 팔을 베었다. 악마는 쇠사슬을 놓치고 쓰러졌다. 미유엘도 많이 지쳐 보였다.

악마가 쓰러진 것을 보고 미유엘은 뒤를 돌아 내가 있는 곳으로 걸어왔다.

"수민아, 괜찮은 거냐? 이런 무모한 아가씨. 너와 같은 캐릭터는 또 처음 본다. 혼자서 저놈을 어떻게 상대하려고 여길 온 거야? 너를 두고 갈 수가 없구나."

이렇게 말하며 미유엘이 나한테 걸어오는데 뒤에서 악마가 스멀스멀 일어나서 쇠사슬을 들고 공격하러 오고 있었다.

"미유엘. 뒤 좀 봐요!"

난 있는 힘껏 벌떡 일어나 뛰어가서 그를 막았다.

내가 그를 안는 순간, 엄청나게 눈부신 빛이 온 사방을 환하게 밝혔다.

“아니… 넌… 빛의 아이…!”

악마 놈은 이렇게 말하며 어쩔 줄을 몰라 하더니 어디론가 사라졌다. 그리고 물에 들어간 그 사람들은 미유엘이 구해서 이미 갔다고 한다.

난 미유엘 그를 안았다가 악마가 사라지자 괜히 멋쩍어서 그를 밀쳤다.

“콜록, 콜록. 당신은 뒤에 악마 놈이 오는데도 왜 몰라요?”

“네가 날 구했구나…. 하… 저놈에게 널 들키면 안 되는 건데….”

“나도 오늘 죽는 줄 알았는데 살려 줘서 고마워요. 뭐… 사람도 살리고, 천사 맞네요.”

“하… 정말 널 어쩌면 좋으냐. 수많은 세월 동안 빛의 아이들을 수호해 왔지만, 넌 정말 누구와도 비교도 안 되게 다르구나. 네가 명이 다해 죽는 건 어쩔 수 없지만, 내가 널 수호하지 못해서 죽는 건 나에게 있을 수 없는 일이고, 네가 죽으면 나 또한 살아갈 수가 없으니 살릴 수밖에….”

난 무슨 말인지 이해가 되지 않아서 고개를 갸우뚱거렸다.

그는 잠시 동안 가만히 생각에 잠기더니 나에게 말했다.

“넌 빛의 아이야. 천상계에서는 너와 같은 아이를 귀한 보물처럼 여겨서 나를 보내서 널 지키도록 하는 것이다. 내가 죄를 짓고 벌을 받아서 임무를 수행하는 것도 맞지만 말이다.”

미유엘이 이야기를 하는데 난 너무 잠이 쏟아졌다.

그는 나를 집에 데려다주고 사라졌다. 빛의 아이가 뭐지? 그리고 어렴풋이 나를 살리려고 미유엘이 나에게 숨을 불어넣었던 장면이 불현듯 떠올랐다. 부끄럽다는 생각이 들었다. 이런 생각들을 하며 난 잠이 들었다.

어느 날 길을 가는데 어떤 아이가 엄마 손을 잡고 가다가 무슨 장난감에 꽂혔는지 사달라고 떼를 쓰고 있었다. 엄마가 안 된다고 하자, 아이는 바닥에 주저앉아서 울고 떼를 썼다.

나는 뒤에서 보기가 안쓰러워서 아이에게 다가가서 "여기서 이렇게 떼쓰면 안 되는 거야." 하며 아이를 일으켜 주었다.

아이가 나에게 안기며 울음을 그쳤다.

"어머나, 고마워요. 말을 안 들어서 힘들었는데 오늘 이상하네요. 한번 울면 잘 그치지도 않는데 아이를 잘 달래시네요."

"호호, 아니에요. 애들이 뭐 다 그렇죠…."

아이들은 왜 나를 잘 따를까. 나한테 꿀 냄새가 나는 걸까?

도서관에서 보고 싶은 책을 골라서 몇 시간 동안 보고 밖으로 나오니 벌써 어두워지고 있었다. 아르바이트를 해야 해서 편의점으로 빠르게 이동했다.

헛! 그런데 익숙한 비주얼. 편의점 앞 테이블에 누군가 앉아 있었다.

"이제 왔구나."

"미유엘. 왜 여기 온 거예요? 나 위험하지 않은데…."

"내가 가만히 생각을 해 봤는데, 넌 너무 위험한 행동을 스스로 과감하게 한단 말이다. 그래서 난 결심했다. 너의 곁을 뜨지 않고 계속 지키기로. 불편해도 감수하거라."

이건 또 무슨 이야기일까? 이 천사가 날 보디가드처럼 계속 따라다닌다는 말은 아니겠지? 근데 사람들은 지나가면서 그가 안 보이는지 아무렇지 않게 지나다녔다.

오히려 나를 이상하게 보며 지나쳤다.

"그게 무슨 말이죠? 근데 다른 사람들이 당신을 못 보는 거 같아요."

"맞다. 난 인간들의 눈에 보이게도, 안 보이게도 할 수 있다."

그럼 내가 혼자 지껄이는 걸로 보인다는 말인가? 그래서 날 이상하게 보며 사람들이 지나가는구나. 이것 참 황당하다.

"수민이 왔니? 여기서 뭐 하니? 아무도 없는데….”

편의점 사장님이 나와 교대를 하기 위해 나와서 말했다.

"아…. 아니에요. 호호, 지금 들어가려고요….”

미유엘은 무슨 영혼처럼 슥 편의점 문을 뚫고 나를 따라 들어왔다.

사장님과 물건을 진열하고 이런저런 이야기를 하는데 미유엘이 카운터 구석에 앉아 팔짱을 끼고 나를 보고 있었다. 신경 쓰이게 왜 저러는 거지?

"음… 여기 맛있는 음식들이 많구나."

미유엘은 어느새 진열된 물건 사이로 걸어 다녔다.

"아, 배고픈데 뭐 좀 먹어야겠다."

보스락보스락 소리가 나자 사장님이 소리 나는 쪽을 쳐다보았다.

나는 빠르게 뛰어가서 미유엘이 집어 든 빵을 얼른 받아 들었다.

"하하, 사장님… 이거 좀 먹으려고요. 너무 배가 고파서, 하하!"

"방금 무슨 소리가 났는데…. 그래? 먹어도 돼. 배고프면 먹어야지."

사장님은 좋은 분이라 내가 배고프다고 하면 간식을 먹으라고 말해 주셨다.

"어우, 진짜 왜 이래요? 사장님 계시니 조금 있다가 먹죠?"

난 너무 놀라고 긴장이 되었다. 사장님께 들키지 않고 작게 말을 했다.

"하하, 얼굴이 빨개졌구나? 그럼 좀 있다가 먹도록 하지."

난 뭔가 들킬까 봐 식은땀이 흐르고 가슴이 두근거렸다.

사장님이 가고 나서 나는 한숨을 내쉬었다.

"휴, 정말 들키는 줄 알았잖아요. 근데 내 옆에 이렇게 계속 있어야 되는 거예요? 불편하잖아요. 아무리 지켜 준다고 해도 이건 좀….."

"음, 할 수 없다. 그게 내 임무다. 그리고 넌 너무 무모하고 위험하게 지내는 아이라서 널 멀리서 지켜만 보고 있기엔… 넌 내 시야를 절대 벗어나면 안 된다."

그렇게 해서 미유엘은 우리 집에 같이 살게 되었다.

난 아직도 받아들이기 힘들었다.

"천사가 어떻게 여기에 살아요? 우리 집이 투룸이라 다행이지, 휴. 그리고 그 옷 좀 갈아입지 그래요?"

"음… 난 옷이 없는데. 마침 최고신에게 카드를 받았다. 옷은 어디서 사야 하지?"

난 미유엘과 함께 시장으로 옷을 사러 갔다.

"자자, 골라 봐요. 좋은 옷이 많이 있습니다. 카드 환영입니다."

옷 가게 아저씨의 말을 듣고 미유엘은 그 옷 가게로 들어갔다.

미유엘의 모습이 드러나자 사람들은 이상하게들 쳐다보기도 하고 여기저기서 사진도 찍는 모습도 보였다.

"어머, 저 사람 봐. 연극하는 사람인가?"

"그러게, 복장이 특이하다. 근데 잘생겼다. 호호!"

지나가는 여자들이 무슨 연예인을 보듯 신기해하며 말했다.

"아이구, 손님 어디서 오셨습니까?"

"난 천사….”

나는 바로 가서 미유엘의 입을 막았다.

"하하, 이분이 연극을 하시는데 천사 역할을 하셔서… 호호….”

내가 진땀이 흐를 지경이었다.

"아, 내 신분을 이야기하면 안 되는구나.”

"그렇군요. 몸매도 좋고 키도 크셔서 뭘 입어도 잘 어울리시겠네요.”

옷 가게 아저씨가 옷을 가져다주며 보여 주고, 미유엘은 여러 가지 옷을 입어 보았다.

근데 정말 모든 옷이 다 잘 어울리더라…. 무슨 모델 같았다.

"어떠냐? 나에게 어떤 옷이 어울리는 것 같으냐?”

말투도 이상해서 그 옷 가게 아저씨는 나와 미유엘을 번갈아 가며 보았다. 나는 그냥 아무 옷이나 골라서 어서 입으라고 말했다. 여기서 빨리 나가고 싶었기 때문이다.

미유엘도 내 맘과 같은 것일까? 그만 나가자고 했다.

그리고는 옷감이 마음에 들지 않는다며 더 좋은 옷을 파는 곳을 물어보았다.

결국 백화점에 데리고 갔다. 거기서는 아주 런웨이처럼 걷더라.

백화점 여직원들이 홀린 듯 그를 보고 서로 부르고 난리였다.

"하하, 여기가 내가 원하던 곳이구나.”

미유엘은 비싼 옷들을 여러 벌 입어 보고 그것을 카드로 다 긁었다.

"어머나! 너무 멋지세요. 혹시 모델 아니신지…?”

매장 여직원이 미유엘에게 말을 걸어왔다.

"하하, 연예인? 음… 내가 좀 잘 생긴 건 맞지, 하하!”

"근데 두 분은 어떤 사이인지…."

난 뭐라고 해야 할지 할 말이 생각나지 않아 대답을 하지 않고 나가려고 했다.

"난 이 사람을 꼭 지켜야 하는 의무가 있다. 내 목숨보다 소중한 사람이니까."

미유엘의 말을 듣고 그 매장 여직원들 이상한 괴성을 질러 댔다.

"꺄악! 너무 멋져요. 부러워요."

난 그 순간 부끄러워서 얼굴이 빨개졌다. 그래서 그 자리를 피해서 막 먼저 뛰어갔다.

누가 보면 결혼할 사이인 줄 알겠네. 왜 저렇게 말을 하는 걸까…. 하지만 묘하게 어깨가 올라가는 으쓱하는 느낌도 들긴 했다.

뛰어가다가 보니 어느새 미유엘이 내 앞에 와 있었다.

"넌 어찌 내 시야에서 벗어나는 것이냐?"

"아이구 참… 내가 뭐, 뭘요. 그냥 화, 화장실 가고 싶어서요."

당황해서 난 말을 더듬거렸다. 그가 내 눈을 한참 들여다보았다.

그의 눈은 이글거리며 반짝반짝 빛나고 있었고 난 괜히 뭔가 들키는 것 같아 눈길을 피하고 어서 나가자고 말했다.

그의 머리카락은 무슨 중국 사극에서 나오는 사람처럼 길었다.

근데 또 그 머리 스타일이 어울리긴 했다. 그래서 사람들이 더 많이 쳐다보는 것이다. 그는 일반 옷으로 갈아입고 나왔다. 이제 좀 보통 사람 같아 보이네.

근데 저 아우라는 어떻게 할 수가 없을 거 같았다.

"저기, 미유엘. 혹시 머리카락은 자를 생각이 없나요? 머리가 길어서 사람들이 너무 쳐다보니까 내가 불편하다고요."

난 그냥 직설적으로 말했다.

"그래? 그렇단 말이냐? 음… 그럼 자르도록 하겠다. 사람들 속에 섞여서 널 지키려면 할 수 없지."

미유엘을 데리고 동네 미용실에 갔다. 거기서도 아줌마들이 난리가 났다. 어디서 사냐는 둥, 누구네 자식이냐는 둥, 모델이냐는 둥… 관심이 많았다.

"아우 피곤해. 그냥 혼자서 머리카락 자르고 오세요. 난 집에 있을 테니."

"안 된다. 그럼 널 지키지 못하는 게 아니냐. 나도 널 따라가겠다."

"휴…. 그냥 여기서 기다릴게요. 어서 커트하세요."

그가 커트하는 동안 미용실 이모와 동네 아줌마들은 나한테도 미유엘에게도 호구조사를 실시했다.

머리카락을 자른 모습을 보니 그는 정말 더 멋있어졌다.

나는 그 사이에 핸드폰으로 뉴스를 보다가 화가 났다.

"아, 정말 나쁜 자식. 여기 TV 좀 켜 봐요."

여자아이를 성폭행하고 살해한 범인이 도주 중이라고 나왔다.

미용실에서 TV를 켰더니 그 사건에 대한 이야기가 나오고 있었다.

"경찰은 인근 야산에서 아이를 살해하는 장면을 목격한 목격자의 증언과 CCTV를 통해 범인의 몽타주를 확보하고 수사 중에 있다고 밝혔습니다."

기자의 이야기와 아이의 부모가 나와서 울면서 범인을 꼭 잡아 달라고 했다. 그리고 화면에 그 범인의 몽타주가 나왔다.

나는 얼른 사진을 찍어 두었다. 어떤 놈인지 잡히기만 해 봐라.

"남의 일에 간섭하지 마라."

"왜요? 이 나쁜 놈 꼭 잡아야 하는데. 당신이 좀 도와주면 안 돼요?"

"그건 내 임무가 아니다. 난 널 지키는 게 내 임무야. 다른 일은 나도 모른다."

그는 인간처럼 말끔하게 하고 내 뒤를 따라다녔다. 근데 그가 날 지키는 게 아니라 내가 피곤했다. 여자들이 득실거렸기 때문에.

그는 또 그것을 즐겼다. 여자들이 다가오면 친절하게 이야기하며 완전히 바람둥이처럼 행동했다.

헐, 천사가 왜 저래? 도대체 누가 날 지킨다는 건지 이해가 되질 않았다. 저러니까 하늘에서 벌 받고 죗값 치르고 있는 거겠지 하는 생각이 들었다.

6

방학이 끝나고 2학기가 시작되었다.

나는 학교 다니기 바빴고 주말엔 아르바이트하기 바빴다.

미유엘은 여전히 날 쫓아다녔고 어딜 가나 인기 폭발의 천사였다.

"내가 이전에 지켰던 사람은 벌써 50년 전인데 지금은 정말 더 살기가 편해져서 좋구나. 하지만 기술이 발달할수록 인간들은 자연을 훼손하니 그것이 문제다."

"미유엘, 나한테도 그렇게 고리타분하게 이야기하지 말지 그래요? 왜 나한테는 그렇게 이야기하고 다른 여자들한테는 안 그래요?"

"그래? 네가 그게 편하다면 그러지."

"그냥 다른 데서 살면 안 돼요? 꼭 우리 집에 살아야겠어요? 나 불편한데… 당신은 청소도 안 하고 아무것도 안 하잖아요."

벌써 그가 우리 집에서 지낸 지 한 달이 되었다.

방이 분리되어 있긴 하지만 신경이 너무 쓰였다.

그는 날 지켜야 해서 안 된다고 말했다. 어휴, 천사가 웬수네… 집이야 짐….

나는 그가 잠든 새벽에 잠이 안 와서 밖으로 나왔다.

동네 놀이터에서 한숨을 쉬며 멍하니 그네를 타고 있었다.

누군가 비닐봉지를 들고 놀이터 옆을 지나쳤다. 그 사람이 지나가는데 왜 느낌이 싸한 거지? 검정 옷에 검정 모자를 푹 눌러쓰고 가는데, 약간 곁눈질하며 지나가는 게 느껴졌다. 난 또 촉이 발동해서 가만히 있을 수 없었다.

"언니, 흑흑…."

어디선가 아이의 목소리가 들렸다.

요즘은 아이들의 영혼이 보이지 않아 오랜만이었다.

"응? 넌 누구니?"

아이의 옷은 찢어져 있고 다리 사이에 피가 흐르고 온몸이 멍들어 있었다. 뉴스에서 본 그 아이 같았다. 아직도 방황하고 있다니….

사건이 일어난 지 3주 정도 지났다. 아이의 몰골은 처참했다.

"휴, 어쩌다 그랬니? 너 그때 유괴당한 그 아이 맞지? 그 범인 어디 있는지 넌 알지?"

그 아이는 고개를 끄덕였다. 혹시 방금 아까 검정 모자 쓰고 지나간 사람이 맞냐고 물었더니 그렇다고 대답했다.

"언니가 오늘 그 아저씨 잡아 줄게. 어딘지 안내해 줄 수 있겠니?"

얼마나 한이 됐으면 아직도 저 범인 옆을 따라다닐까 싶었다.

아이는 나를 안내했다. 난 긴장되었지만 아이를 따라갔다.

어느 모텔 앞에 아이가 멈췄다.

"여기 508호에 그 나쁜 아저씨 있어요."

“그래? 알았어. 이 자식을 내가 꼭….”

내가 바닥에서 주운 큰 막대기 하나를 들고 모텔 문을 열고 들어가려고 할 때였다.

누군가 내 손목을 잡았다.

“허허, 이제 내가 잠든 새벽에 나가서 이렇게 위험하게 다니는 것이냐?”

“이거 놔요. 이 아이 좀 봐요. 내가 어떻게 가만히 있어요?”

미유엘은 아이를 보며 한숨을 쉬었다.

“저 자식 내가 죽일 거예요! 어떻게 아이를 이 지경으로 만들어 놔요?”

그때 낌새를 챈 그놈이 모자를 눌러쓴 채 뒷문으로 나가는 게 보여서 나는 재빠르게 뛰어가 그를 뒤쫓았다.

“야! 너 거기 안 서!”

“안 돼! 가지 마! 한수민!”

내가 쫓아가자 그 범인이 뭔가를 던졌는데, 과도였다.

난 허벅지에 칼을 맞고 넘어졌다. 내가 다치자 미유엘의 눈동자가 빨갛게 변했다.

미유엘이 한순간에 날아서 그 범인 앞으로 갔다.

그리고 그 범인의 목을 잡고 한 손으로 들어 올렸다. 그리고 그의 목을 졸랐다. 범인은 높이 들어 올려져 발버둥을 쳤다.

“퀵, 살려… 줘….”

난 그 모습을 보고 미유엘이 그 사람을 정말 죽일 것만 같았다.

나도 죽이고 싶었던 건 사실이었다.

나는 안간힘을 다해 다리를 붙잡고 절뚝거리며 그에게 걸어갔다.

피가 뚝뚝 떨어졌다. 너무 아팠다.

"그만해요! 미유엘! 당신이 사람을 죽이면 안 돼요!"

내가 말하자 그는 나를 한번 보더니 그를 놔줬다. 범인은 바닥에 툭 떨어졌다.

"헉헉, 죽을 뻔했네. 콜록, 콜록…."

"죽음이 두려우냐? 네가 아이에게 한 짓은 너의 목숨으로도 갚지 못한다. 넌 평생 인간들이 만든 감옥이라는 곳에 갇혀 있다가 100세에 죽을 것이다. 그리고 죽어서도 넌 환생하지 못할 것이다."

그의 눈동자는 파랗게 이글거리고 있었다.

사이렌 소리가 들리고 경찰차가 오는 소리가 들렸다.

아이의 영혼은 나와 미유엘에게 고맙다는 인사를 표했다.

미유엘은 나를 업어 주었고 아이는 빛의 통로로 사라졌다.

집에 단숨에 와서 그는 칼에 베인 상처를 보며 안타까워했다.

칼날 조각이 베인 상처에 깊이 파고들었다. 피를 많이 흘린 탓에 난 점점 정신이 희미해져 갔다. 너무 아프다 못해 이제 느낌이 없었다.

"미유엘, 너무 아파요…. 나 그만… 자야겠어요…."

"난 네가 없으면 여기에 있을 의미가 없다. 이봐! 정신 차리거라, 한수민!"

난 그대로 정신을 잃었다.

꿈 속인지 나는 길을 잃고 방황하고 있었다.

어디선가 목소리만 들려왔다.

‘그와 너는 함께 힘을 합쳐 해내야 할 일이 있다. 돌아가라.’

나는 그 목소리를 듣고 잠에서 깼다.

미유엘이 무릎을 꿇고 두 손을 모으고 기도 자세로 잠이 든 거 같았다. 그의 얼굴은 많이 상해 있었다.

“아, 잘 잤다. 뭐야? 어떻게 저런 자세로 잘 수가 있지?”

난 혼잣말을 하고 일어나서 기지개를 켰다.

허벅지의 상처는 자국도 없이 말끔히 나아 있었다.

“한수민. 일어난 것이냐?”

“네, 저 이제 괜찮아요. 오늘 주말이라 늦잠 자도 되는데 괜히 일찍 일어났네요.”

핸드폰을 찾았는데 핸드폰이 꺼져 있었다.

왜 벌써 꺼졌지 하고 충전을 하고 전원을 켰다.

나는 날짜를 보고 깜짝 놀랐다. 어제 분명히 13일, 토요일 밤이었는데 오늘이 20일 토요일이라니? 핸드폰이 고장 났나 하고 TV를 켰는데 진짜 이 날짜가 맞는 것이었다. 그럼 내가 일주일 동안 잠을 잔 건가?

“뭐야 당신… 내가 일주일을…. 혹시 내 몸에 손댄 거 아니야?”

나는 그를 경계하며 말했다.

“절대 그런 일 없다. 난 까칠하고 감정이 메마른 천사인 거 너도 알지 않느냐? 살아나서 다행이구나. 너의 상처가 깊어 치료하느라 내 에너지를 많이 썼다. 그리고 난 기도하며 보냈어. 네가 진짜 죽는 줄 알고 너무 힘들었다. 그래도 내 기도를 들어주셔서 최고신이 널 다시 살려 보내 주셨구나.”

아, 그랬다. 그는 분명 기도하는 자세로 잠시 잠들었고 얼굴이 많이 상해 있었다.

내가 꿈에 길을 헤맨 건 죽음으로 가는 여정이었던가?

잠시 헤맸는데 일주일이 지났고, 나보고 돌아가라고 말했던 목소리가 생생하게 기억이 났다. 그는 얼마나 이 시간 동안 이 자리를 지키며 나를 치료하고 기도했을까….

난 얼굴이 상한 그를 보며 미안한 마음이 들었다.

"미유엘, 왜 이렇게까지 나한테 하는 거예요? 아… 내가 착각할 뻔했네. 당신의 임무 때문에 당신의 임무를 수행하기 위해서죠? 실패하면 안 되니까?"

그는 잠시 머뭇거렸다. 그러더니 대답했다.

"음… 맞다. 내 임무를 난 지켜야 하니까. 널 수호하는 게 내 임무니까. 난 너를 꼭 지킬 거야. 이건 너와의 약속이기도 하다."

약속이라는 말에 난 그에 대한 믿음이 조금 더 생긴 거 같다.

그는 일주일 동안 금식 기도를 했다고 한다.

엄청난 정신력 아닌가? 이 사람이, 아니 이 천사가 날 살렸다는 생각에 뭐라도 해 주고 싶었다. 왜 이리 불쌍하고 가여운 걸까.

"아이고 참. 그 잘생긴 얼굴이 퀭해서 안 되겠네요. 소고기라도 먹어야겠어요."

난 일어나서 소고기와 음식을 사러 마트에 가겠다고 나섰다.

그도 자리에서 일어나 따라나섰다. 이젠 그냥 그러려니 해야 했다.

마트에서 희영이를 만났다. 남자친구와 함께 마주쳤다.

"어머나, 수민아! 너 왜 학교에 안 나왔니? 걱정했잖아. 전화도 꺼져 있고…. 오늘 너희 집에 한번 가 보려고 했었어."

“응, 좀 일이 생겨서….”

“근데 이 잘생긴 남자분은 누구…? 남친 생긴 거야?”

희영이는 눈이 동그래져서 물었다.

나는 나중에 보자고 하며 대충 얼버무렸다.

“맞아요, 반가워요. 나 한수민 남자친구예요.”

헐, 이 천사가 미쳤나? 당황스럽게 왜 내 남자친구라는 거야?

“어휴, 기집애…. 남친 생겼으면서 나한테 말도 안 했구나?”

희영이는 미유엘에게 반갑게 인사하며 말했다.

“아, 그게 말이야. 그러니까…. 아니, 희영아. 월요일에 학교에서 보자. 응? 어서 가.”

나는 희영이를 보내고 미유엘을 보며 인상을 찌푸렸다.

아무튼 소고기와 이런저런 음식을 사고 집으로 돌아왔다.

나는 손재주가 있어 요리도 잘하는 편이었다.

소고기뭇국이랑 오이무침, 계란말이, 애호박나물 등을 해서 한 상을 차렸다.

“어서 드세요. 미유엘. 금식했다면서요.”

“다른 사람들이 내가 너와 같이 다니는 걸 이해시키기 위해 한 말이니 오해 말거라.”

“네, 알아요. 좀 당황하긴 했지만 괜찮아요.”

“그날 나를 막아 줘서 고맙다. 내가 인간을 죽일 뻔했어. 네가 날 막지 않았다면 난 이보다 더한 고통의 큰 벌을 받아야 할지 모른다. 어쩌면 난 이 우주에서 아주 작은 먼지로 사라질지도 모르지.”

“당신이 내 말을 들어줘서 고마워요. 나도 너무 화가 나서 죽이겠다고 했지만, 당신은 나와 달리 천사니까 정말 그러면 안 될 거라고 생각해서 급히 말린 거예요.”

“인간 세계에서는 누구도 나에게 명령할 수 없다. 내가 지키는 단 한 사람의 인간만이 나에게 명령할 수 있다. 너를 살리느라, 너를 지키느라 내가 잠도 잘 수가 없구나. 어디든 넌 나와 같이 가야 한다. 제발 무모한 행동 좀 하지 말고 내 말 좀 들어다오….”

“알겠어요. 당신의 임무를 위해 내가 노력할게요.”

생각해 보면 이 차가운 냉혈천사가 내가 말하는 건 잘 들어주고 내가 뭐 하라고 하는 건 잘 들어준 거 같긴 하다. 여자들이 다가오는 걸 좋아하긴 해도, 뭔가 지시하는 말에는 반응이 없어 보였다.

그런데 꿈에서 들었던 그 목소리는 뭘까? 나와 미유엘이 함께 해야 할 일이란 게….

난 그가 불쌍해 보였다. 나를 쫓아다니느라 힘 빼고 바쁘고 신경 쓰고….

“나 혼자 어디 안 갈 테니 어서 자요. 그동안 제대로 잠도 못 잤을 텐데.”

“그래. 약속한 거야.”

그에게 약속을 하고 일어서는데 벌써 곤히 잠들었다.

나는 잠든 그를 가만히 들여다보며 머리를 쓰다듬었다.

천사면 나이도 엄청 많을 텐데, 잠든 지금은 아이 같다는 생각이 들었다.

내가 미유엘을 위해 천방지축인 내 성격을 좀 잠재워 봐야겠다.

7

제법 날씨가 쌀쌀해졌다. 나뭇잎도 많이 떨어지고 겨울이 다가오고 있었다. 까마귀가 집 앞에서 엄청 울어 댔다.

"데브엘 이놈이 또 무슨 짓을 꾸미고 있구나."

미유엘이 혼잣말을 했다. 데브엘이면 그때 그 악마를 말하는 거 같은데.

나 조용히 살고 싶은데, 또 무슨 일이 일어난다 이거지?

"한수민. 넌 가만히 있어. 아무것도 하지 마. 뉴스도 보지 마."

"네? 뭐가요? 나 아무 생각 안 했는데."

뜨끔했다. 역시 천사가 맞구나. 독심술을 하다니.

기말고사 준비를 해야 해서 아르바이트를 잠시 쉬기로 했다.

난 기악 실습 시험 때문에 피아노 학원에서 연습을 해야 했다.

어릴 때 피아노 학원에 다닌 덕분에 어렵지는 않았다.

체르니 30번을 치고 재즈 반주도 할 줄 알았다.

미유엘은 어느새 학원 안으로 들어와서 따뜻한 난로 앞에 앉아 학생들이 피아노 치는 소리를 눈을 감고 고개를 끄덕이며 듣고 있었다.

난 선생님에게 잠시 이야기를 하고 뉴에이지 피아노곡을 연주했다. 내가 가장 좋아하는 곡은 이루마의 'River flows in you'.

내가 연주를 다 마쳤을 때 미유엘이 내 옆에 와 있었다.

"아잇. 놀래라. 언제부터 와 있던 거예요?"

"아름답구나. 음악이 너무 좋아서 찾아왔더니 네가 연주하고 있었어. 우리 천사들 중 어떤 천사는 음악으로 인간에게 영감을 주기도 한다. 갑자기 머릿속에 떠오르는 노래나 음악 같은 걸로 말이다. 내 친구 뮤리엘이 그런 일을 하지."

"아, 저도 그런 적 있어요. 갑자기 떠오르는 노래들 말이죠?"

그는 맞다는 듯이 끄덕이며 그를 떠올리는 거 같았다. 그리워 보였다.

"어서 가요. 연습 끝났어요."

이제 주변에서는 미유엘이 내 남자친구인 줄 알고 있었다.

학원에서 집으로 가는 길에는 유흥가가 많이 있었다.

저녁시간, 그 길은 항상 남자들을 시험에 들게 만드는 길 같았다.

왜냐면 이쁘고 늘씬한 여자들이 옷을 절반만 입고 진한 화장을 하고 남자들을 부르고 있기 때문이다.

나와 같이 지나갔기 때문인지 그 여자들은 미유엘에게는 말을 걸지 않았다.

미유엘도 전혀 관심이 없어 보였다. 그들의 에너지를 알기에 그럴 것이다.

"살려주세요."

누군가의 목소리가 들려왔다.

멀리서 누군가 맨발로 뛰어오고 있었다,

유흥가에서 봤던 아까 그 여자 중 한 명 같았다.

그 여자는 헐레벌떡 쫓기듯이 자꾸 뒤를 돌아보았다. 나는 그녀를 진정시키고 우리 집으로 데리고 왔다. 얼마나 급했길래 맨발로 뛰쳐나왔을까?

"왜 그래요? 무슨 일이에요?"

"우리 가게에 한 남자가 와서 저에게 많은 돈뭉치를 주면서 아가씨 한 명을 부르고, 또 한 명을 부르고, 또 한 명을 불러서 총 세 명을 그에게 보냈는데 애들이 나오질 않아요. 룸에서 혼자 나왔고 애들 어디 갔냐고 물었는데 대충 얼버무리면서 자기한테 계속 여자를 보내 주면 더 많은 돈을 원 없이 주겠다고 해서 알겠다고 했어요."

"그래서요? 그분들은 찾았어요?"

"아뇨. 어딜 갔는지 보이지 않아요. 전화도 안 받고. 그런데 오늘 그 남자가 또 온 거예요. 또 많은 돈을 주더군요. 한 명의 아가씨를 보냈어요. 이상해서 몰래 들여다봤는데…. 그 남자는… 흑흑, 우리 미향이를… 죽였어요. 눈이 마주쳐서 너무 무서워서 도망쳐 나왔어요."

그 남자의 정체가 뭘까? 나머지 세 명은 어디로 간 걸까?

미유엘은 뭔가 감이 온 거 같았다. 나는 궁금해서 견딜 수가 없었다.

"이봐요. 어서 같이 가 봅시다."

"어허, 한수민. 가만히 있거라. 아가씨, 경찰에 신고하세요."

"아…. 그럼 될까요? 보복할까 봐 무서워서요…. 내가 돈에 눈이 멀었어요, 흑흑."

그녀의 눈은 두려움으로 가득 차 있었다. 오늘은 그녀와 같이 내 방에서 자기로 했다.

너무 무서워해서 다시 보낼 수가 없었다.

미유엘은 방에 들어가고 나와 그녀는 내 방으로 왔다.

인터넷 뉴스를 보니 화재 사건으로 떠들썩했다. 화재가 난 장소는 그녀가 운영하던 노래홀이었다. 난 조용히 그녀에게 그 뉴스를 보여 주었다.

그녀는 놀라서 '불이야'를 외치며 어찌할 바를 몰랐다.

"꺄악, 안 돼! 이걸 어째… 내 건물…."

갑자기 일어나더니 그녀가 뛰쳐나갔다.

나도 반사적으로 뒤따라서 나갔다.

한참 뛰어서 그 장소에 가 보니 경찰과 사람들이 웅성웅성 모여있고, 건물이 불에 활활 타고 있었다. 소방관이 와서 불을 끄고 있었지만 불길이 쉽게 잡히지 않는 모습이었다. 그녀는 망연자실하게 바닥에 앉아 엉엉 울었다.

난 예리하게 건물을 보고 있었는데 불길 틈에서 익숙한 얼굴이 보였다.

그 악마였다. 그놈이 거기서 나오니 불길이 잡히고 불이 꺼지고 있었다. 뭔가 포식한 듯 보였다. 여유롭게 걸어 나가고 있었다.

사람들 눈에는 잘 안 보이는지 아무도 알아차리지 못했다.

나는 또 너무 화가 나서 옆에 있던 쇠파이프를 들고 그놈에게 가려고 했다.

'어디든 넌 나와 같이 가야 한다. 제발 무모한 행동 좀 하지 말고 내 말 좀 들어 다오….'

미유엘의 목소리가 머릿속에 맴돌았다.

난 잠시 멈칫했다. 그렇게 나에게 신신당부하고 약속을 했는데 내가 그럼 안 되지 하는 생각이 들었다.

나는 그냥 들고 있던 쇠파이프를 내려놓고 뒤돌아서 걸어왔다.

뉴스를 보니 그 화재로 아가씨 세 명이 흔적도 없이 타 버리고 재만 남았다고 한다.

그리고 잠이 오질 않았다. 어떻게 해야 저놈을 잡을까 하는 생각뿐이었다.

미유엘은 남의 일에 신경 쓰지 말라며 TV도 못 보게 했다.

그 악마 짓이라고 단정 지을 수 있는 사건이 뉴스에 또 떴다.

그 뒤로 또 두 번째로 비슷한 방법으로 유흥가 술집에 화재가 났다. 거기서는 모두 2명이 목숨을 잃었다. 근데 이번엔 불이 빠르게 진화돼서 시체는 건졌는데 여자들의 목에 이상한 까만 새 문양이 다 그려져 있었다고 한다.

"미유엘. 우리 저 악마 같이 잡아요."

"안 된다. 너의 일이 아니야. 제발 신경 꺼라."

"나 혼자 안 간다고요. 같이 하자니까요. 내가 다치면 당신이 나 구해 주면 되잖아요. 난 하나도 안 무서운데. 믿는 구석이 있어서 그런가? 벌써 몇 명이 죽었어요…. 그때 곧 부활한다고 들었어요. 시간문제라고요."

"너의 이야기는 들어야 하지만, 네가 위험해지는 문제에 대해선 듣고 싶지 않다."

나도 모르겠다. 시험공부나 하자. 이렇게 생각하며 난 생각을 접었다.

난 오랜만에 동아리 방에 갔다. 기말 시험 정리 노트를 같은 과 선배에게 받기 위해서였다. 역시 내 옆엔 미유엘이 함께 있었다.

"수민아, 잘 지냈어?"

정우 선배가 먼저 나에게 인사를 건넸다.

"네, 선배. 민희 선배는요?"

"응, 너한테 이거 전해 달라고 맡겨 놓고 갔어."

난 정우 선배에게 노트를 받았다. 정우 선배는 나와 미유엘을 번갈아 가며 봤다.

"아, 그 잘생긴 남친이구나. 소문이 자자하던데. 너랑 항상 같이 다닌다는 그분? 반갑습니다. 김정우라고 합니다. 우리 수민이 잘 부탁합니다."

학교에 소문이 났다. 여자애들이 미유엘에게 많이 다가왔지만 얼마 못 갔다. 그는 냉혈천사니까.

정우 선배가 미유엘에게 악수를 청했다.

미유엘은 정우 선배의 악수를 거절했다. 그냥 살짝 고개만 끄덕였다. 정우 선배도 별로 신경 쓰지 않는 모습이었다.

"수민아, 우리 봉사활동 언제 갈까? 네가 정해 봐, 날짜 좀. 너한테 맞출게."

"아, 알겠어요. 선배 그럼 저는 갈게요."

나는 빨리 그 자리를 뜨고 싶어서 인사를 하고 나가려고 했다.

"그래. 수민아 시험 준비 잘하고… 잘 가고 또 보자."

이렇게 말하며 정우 선배가 내 어깨에 자연스럽게 손을 올리며 터치했는데 그 순간 비명 소리가 났다. 미유엘이 그의 손목을 잡고 꺾어 버린 것이다.

“어디에 감히 손을 갖다 대? 수민이한테 치근덕거리면 나 가만히 안 있는다.”

“헐! 왜 그래요, 미유엘? 선배, 많이 아프죠?”

내가 이렇게 말하며 정우 선배를 걱정하는데 미유엘이 내 손을 잡고 억지로 끌고 나왔다.

“아, 아파요! 이 손 좀 놔요!”

미유엘은 내 손을 놔줬지만 화가 잔뜩 난 거 같았다.

“저번에 저 자식이 너한테 밤에 치근덕거리던 그놈이지?”

“맞아요. 그건… 그냥 지난 일이잖아요. 너무 선 넘는 거 아니에요?”

“그 자식 눈을 보니 아주 음흉하구만. 너한테 언제 또 그럴지 모르는 놈이야.”

“아니에요. 정우 선배 그날만 그런 거예요. 착하고 좋은 사람이에요.”

“넌 진짜 사람 볼 줄 모르는구나? 난 인간에게 감정 따위 없다. 선 넘지 않아.”

“날 지켜야 해서 그런 거라고요? 알았어요. 나 학교 도서관 가야 해요.”

나도 별로 기분이 좋지 않아서 아무 말 없이 도서관으로 향했다.

인간도 아닌 천사에게 내가 뭘 바라고 있는 거지? 그냥 공부나 하자.

공부를 마치고 집에 들어오다가 학교 근처에서 매콤한 떡볶이가 먹고 싶었다.

미유엘은 매운 음식을 잘 먹지 못했다. 난 정말 좋아하는데.

“나 오늘 떡볶이 먹을 거예요. 매운 걸 먹어야 스트레스가 풀려서요.”

"알았다. 가자."

분식집에 학생들이 많았다. 미유엘에게 한 번쯤 다 관심을 가졌던 여학생들. 여전히 또 미유엘이 보이니 수군거렸다.

어떤 여학생이 물컵을 들고 지나가다가 나한테 쏟았다.

내 어깨에 물이 쏟아져서 젖어 버렸다.

그리고는 그냥 지나쳐서 가 버리는 것이었다.

누군지 보니 자기들끼리 킥킥거리며 웃고 있었다.

"이봐요. 지금 나한테 물을 엎고 그냥 가는 거예요?"

"네? 내가 그랬나요? 난 기억이 안 나는데…. 히히."

"이런 못된 계집 같으니. 같이 다니는 너희들도 수준이 비슷하구나!"

미유엘은 갑자기 일어나서 주방에 가더니 큰 그릇에 물을 받아 와서는 그 여자 머리에 뿌렸다. 그 여자는 갑자기 일어난 일에 깜짝 놀랐다.

"어머! 지금 뭐 하는 짓이에요?"

"넌 뭐 하는 짓인데? 너 아까 내 여친한테 물 뿌리고 갔잖아? 이러니까 내가 너희 같은 인간 여자애들을 싫어하는 거야. 아무리 들이대 봐라. 내가 넘어가나. 어때? 시원하지? 더 뿌려 줘?"

그 여자애들은 창피한지 얼른 일어나서 밥값을 계산하고 나가 버렸다.

그 여자들이 나가자 미유엘은 가게 주인에게 정중히 사과하고 물을 뿌린 자리를 깨끗이 닦았다. 다른 테이블에 있던 여자들은 멋있다고 하는 애들도 있고, 어떻게 저렇게 까칠하지 하며 자기들끼리 난리였다.

나도 좀 멋있다고 느꼈다. 진짜 내 편 같은 느낌이라고 해야 하나….

"아까 개네들 나 엄청 질투하잖아요. 아우 피곤해, 피곤해. 이모! 여기 떡볶이랑 순대랑 김밥 주세요."

떡볶이가 나오자 나는 한 입을 먹고 기분이 풀렸다.

맵기도 하고 땀도 나고 그랬다.

미유엘은 순대랑 김밥이랑 오뎅 국물을 먹었다.

"맛있어? 그 매운 걸 왜 먹나 몰라. 인간들은…."

"한 번만 먹어 봐요. 여기 진짜 맛있게 매워요. 스트레스 풀린다니깐요."

"난 싫다. 안 먹으련다."

"아잉~~ 한 입만 먹어 보라니깐요~~ 어허 명령이다. 내 말을 들어라."

난 없던 애교를 부리고 명령하듯 장난치며 포크로 떡을 콕 찍어서 그의 입에 넣어 주었다.

그는 매워서 물을 잔뜩 마셨다. 한 번 더 먹으랬더니 그래도 먹여 주니 먹었다.

우리는 웃으면서 재미있게 밥을 먹고 나왔다.

이것도 추억이겠구나 하는 생각이 들었다.

집에 와서 TV 드라마를 보는데 미유엘은 푹 빠져 있었다.

난 과일을 깎아서 방에 들고 왔는데 드라마 장면에 사람이 죽어서 영혼이 하늘나라로 가는 장면이 보였다.

"미유엘, 과일 드세요. 궁금한 게 있는데…. 당신은 나이가 한 500살 정도 되나요?"

"아니…. 더 많이 먹었다. 아주 더 많이."

"어머나, 그럼 도대체 몇 살이래? 우리 조상의 조조조조상님인가?"

난 이렇게 말장난을 쳤는데, 그는 TV 장면을 보고 생각에 잠겼다.

“휴…. 많이 그리운 거예요?”

“응…. 내가 저기 천상계에서 했던 일은 인간의 영혼이 살았을 때 업적에 대해 판결을 받은 후에 나에게 오면 환생할 수 있게 인도하는 역할을 했어.”

“아 그렇군요…. 정말 멋진 역할이었네요.”

“데브엘 그놈의 꼬임에 넘어가 내가 이렇게 된 거야. 결국 내 잘못이지…. 열심히 수련했던 긴 시간을 다 헛것으로 만들 만큼 난 나태해졌으니까.”

그의 이야기를 들으며 생각했던 건, ‘인간은 남을 탓하는데 천사는 역시 자기 잘못을 바로 반성하고 인정하는구나. 역시 다르구나.’였다.

이러고 있을 때가 아니지. 난 과제용 미술 작품을 열심히 만드느라 밤을 새웠다. 그리고 다음 날도 시험공부에 매진했다.

난 어차피 도서관에 가는 거라 미유엘에게 집에서 좀 쉬라고 말을 했다. 그동안 미유엘 말대로 꼼짝 않고 아무 일도 저지르지 않아서 조심스레 말했다.

“정말 믿어도 되는 건가? 도서관에서 절대로 어디로 새지 않고 집으로 올 거지?”

“그럼요. 약속할게요.”

“혹시라도 내가 필요하면 두 손을 모으고 기도하듯 집중해서 내 이름을 불러.”

난 그러겠다고 말하고 도서관으로 향했다.

도서관에서 희영이를 만났다. 공부하다가 점심때 밥을 먹으러 나왔다.

“수민아, 오늘은 그 미남 남친 어디 갔니?”

“응, 그 사람 오늘 바쁘다고 해서. 어차피 나 시험 공부하니까.”

희영이는 같이 밥을 먹으며 핸드폰을 만지작만지작 했다.

“너 무슨 일 있어? 불안해 보이는데? 혹시 남친이랑 싸웠니?”

“으휴, 귀신이네. 맞아. 민석이랑 싸웠는데 전화를 안 하잖아. 요즘 민석이한테 같은 과 여자 후배가 들러붙어 다니더라고. 내가 그것 때문에 화냈거든.”

“네가 오해한 거겠지…. 어서 먹자.”

메뉴가 나왔는데도 희영이는 밥도 먹는 둥 마는 둥 하며 핸드폰만 쳐다보고 있었다. 평소랑 좀 달라 보였다. 아무리 좋아해도 저렇게까지 집착할 애는 아닌데.

“이민석 이 자식, 바람피우는 거 아냐?”

혼자 중얼거리며 화가 나는지 계속 핸드폰만 쳐다보았다.

그러다가 우연히 희영이의 목을 봤는데 이상한 까만 문양이 그려져 있었다.

“희영아. 너 목에 타투했어?”

“아니, 안 했는데. 나 그런 거 안 좋아하잖아.”

“그래? 근데 왜….”

난 순간 떠오르는 게 있었다. 그날 유흥가 화재가 났을 때 죽은 여자들 목에 비슷한 문양이 그려져 있었던 게 기억이 났다.

‘맞아. 까만 새 문양이었어….’

점심을 먹고 와서 공부를 하는데 희영이가 먼저 간다고 말하고는 갔다.

안절부절못하는 모습. 뭔가 이상하다고 느꼈다.

‘남자친구가 그렇게 좋을까? 집착이 너무 심한데.’ 하고 생각하다가 희영이를 믿고 그냥 공부에 몰입했다. 집에 돌아오는데 희영이가 떠올랐다. 갑자기 불안해져서 난 희영이한테 전화를 걸었다.

“희영아, 어디니?”

“응. 이 자식이 전화를 안 받고 집에도 없어서 나 혼자 술 마셔.”

“내일모레가 시험인데 너답지 않게 왜 그래? 내가 갈게. 어디야?”

희영이는 발음이 꼬이고 술이 좀 취한 듯 보였다.

장소만 말하고 괜찮다고 말하며 전화를 뚝 끊어 버렸다.

나는 희영이가 걱정돼서 그 장소로 가려다가 미유엘이 마음에 걸렸다.

‘휴⋯. 아니야. 그냥 집으로 가자.’

그래서 다시 돌아가려는데 아무래도 자꾸 마음이 불안했다.

낮에 봤던 그 문양이 자꾸 걸려서 다시 발길을 돌렸다.

‘에잇. 별일 없을 거야. 희영이만 달래서 데려다주고 가야겠다.’

내가 도착했을 때 누군가 취해서 고개를 잔뜩 숙이고는 남자의 부축을 받고 나가는 여자가 있었다.

왜 저렇게 취한 거야? 설마 희영이도 저러고 있는 건 아니겠지?

그러고 나서 돌아서는데 내 코에 익숙한 냄새가 났다.

난 고개를 갸우뚱거리며 걱정이 돼서 빨리 들어가서 희영이를 찾았다. 그런데 아무리 봐도 희영이가 보이지 않았다.

전화를 걸었는데 희영이의 전화를 카운터에서 받고 있었다.

“어? 제 친구 여기서 술 마신다고 했는데, 이 전화기 주인 갔나요?”

“아, 방금 어떤 남자분이랑 나가셨나 봐요. 다른 직원한테 들었는데 남자분이 계산하시고 치우러 갔더니 테이블에 전화기가 있었다고 말하더군요.”

나는 희영이의 전화기를 받아 들고 나왔다. 갑자기 아까 취한 여자가 떠올랐다.

익숙한 냄새는 내 친구 희영이의 향수 냄새였다.

“아, 그럼 아까 그 취한 여자가 희영이냐? 남자는 민석 씨가 아닌데….”

난 눈을 감고 아까 그 장면을 집중해서 다시 떠올렸다.

희영이가 고개를 숙이고 있어서 얼굴이 안 보였고 완전히 취해 있었고, 부축해 가는 남자의 손등을 보았다. 난 초능력처럼 계속 집중해서 들어갔다.

손등에 무슨 큰 점 같은 게 있었다. 더 깊이 들어가 보니 그 점은 까만 새 문양이었다. 희영이 목에서 봤던….

도대체 누구지? 그는 선글라스를 쓰고 있었다.

‘하…. 어디서 찾아야 하지? 뭔가 불길하다….’

난 혼자 답답해서 중얼거렸다.

“언니. 나도 아까 숨어서 봤어요.”

어디선가 아이의 목소리가 들렸다. 아이의 영혼이 어느새 옆에 와 있었다.

“넌 언제부터 있었니? 왜 여기 있는 거야? 누굴 봤다고?”

“아까 그 술에 취한 언니 말이에요. 데브엘 님이 데려간 거예요. 들키면 나도 잡아먹히니까 난 무서워서 숨어서 봤어요.”

난 그 말을 듣는 순간 머리를 한 대 맞은 거 같았다. 심장이 요동쳤다.

“뭐야? 정말이야? 그 악마가 내 친구를 데려갔어?”

“네. 맞아요. 내가 봤어요.”

“너 혹시 검은 새 무늬 뭔지 알고 있니?”

“무서워요. 그거 데브엘 님 손등에도 있어요.”

아이는 그 무늬만 보고도 무섭다며 사라졌다.

“휴…. 어디 갔니! 나 좀 도와줘. 나도 널 도와줄게. 아이야? 응?”

내가 지금 믿을 건 그 아이밖에 없었다.

그러자 그 아이가 다시 나타났다. 나는 근처 편의점에 가서 먹을 것을 사서 아이에게 주었다. 아이는 배가 고팠는지 맛있게 먹었다.

“어디로 갔는지 알고 있니? 나한테 좀 알려 줄래?”

그 아이는 고개를 끄덕였다. 난 그렇게 해서 그 아이를 따라갔다.

희영이를 빨리 구해야 한다. 마음이 급했다.

내 가장 친한 친구를 잃을 수는 없기 때문이다.

아이를 따라간 곳은 근처 뒷산 허름한 집이었다.

멀리서 아이는 손가락으로 가리켰다.

“저기예요. 데브엘 님이 지내는 곳이에요. 저는 무서워서 못 가겠어요.”

인적이 드문 곳이었다. 희영이가 여기에 있을까? 난 잠시 머뭇거리다가 그 집으로 향했다. 조용히 집을 탐색하는데, 뒷마당으로 갔더니 여자 세 명이 나무에 묶여 있는 모습이 보였다. 모두 잠이 든 것처럼 조용했다.

그중 한 명이 희영이었다. 어디 갔는지 악마 놈이 보이지 않았다.

난 이때 빨리 구해야겠다고 생각했다.

난 다가가서 희영이를 흔들어 깨웠다.

“희영아! 정신 차려!”

희영이는 잠을 한숨 자고 일어나듯 눈을 떴다.

"잠깐만, 내가 풀어줄게."

난 희영이를 풀어주었다. 나머지 여자 두 명은 여전히 잠들어 있었다.

"희영아, 정신이 들어? 어서 가자. 여기 있으면 안 돼. 어서 여길 나가야 돼."

그런데 희영이는 눈을 뜨고도 뭔가 이상했다.

말이 없고 눈에 초점이 없어 보였다. 술이 아직 안 깼나 싶었다.

나는 희영이를 구하려고 무조건 데리고 나가려고 했다.

희영이가 손을 뿌리쳤다. 그리고는 뒤돌아서 다시 묶여 있던 그곳으로 간다.

나는 다시 희영이를 붙잡고 끌었다.

"이거 놔. 너 같은 친구 필요 없어. 항상 착한 척하는 네가 싫어!"

난 너무 당황했다. 희영이가 한 번도 하지 않았던 말을 하니까.

"너…. 왜 그래…. 희영아, 어서 나가자. 빨리."

"수민아. 난 네가 갖고 있는 그 빛 말이야. 심장에서 나오는 그 빛을 꺼트리고 싶은데. 괜찮아? 내 소원이야. 안 아프게 잘할게. 여기서 같이 나가자."

"희영아…. 너…. 아니구나…?"

"아냐. 나야, 희영이야. 우리 친구잖아. 데브엘 그가 곧 올 거야…. 수민아, 나 좀 구해 줘…. 도와줘….'

이건 내 친구 희영이가 아니었다. 악마의 장난일까. 내가 희영이의 눈을 집중해서 들여다보려고 하자 희영이는 눈을 감아 버렸다.

그리고 희영이가 손짓으로 날 자꾸 불렀다. 자기를 구해 달라고 하면서….

난 혼란스러웠다. 그렇다고 이렇게 두고 갈 수도 없으니까.

자리를 피해서 희영이는 다른 쪽으로 가더니 나를 불렀다.

"수민아, 이리 좀 와 봐. 나 좀 도와줘….”

난 또 희영이의 간곡한 목소리를 듣고 그쪽으로 갔다.

그쪽으로 가는데, 갑자기 순간적으로 '안 돼! 오지 마, 수민아.’ 이런 소리가 들렸다.

귓가에 소곤거리는 희영이의 목소리였다. 현실에서 희영이는 날 계속 애달프게 불렀다. 난 갈 수밖에 없었다. 구해서 나가야 하니까.

내가 가까이 가자 어둠 속에서 희영이는 땅을 보고 있었다.

"너…. 희영이 아니지? 너 누구야? 정체를 밝혀!”

그때 갑자기 희영이가 무엇인가 날카로운 걸로 내 배를 찔렀다.

"흐흐흐, 널 지키는 그놈은 힘을 잃고 지상에 내려왔다. 죄를 지어서 그 벌로 힘을 많이 잃었다. 원래 천사란 말이지…. 수호하는 인간이 어디 있는지 안테나를 켜고 있거든. 그래서 바로 알 수 있는데, 지금 봐라. 알 수가 없잖아? 용감한 아이로구나. 내가 누군 줄 알고 덤비느냐? 난 곧 암흑의 제왕으로 부활할 데브엘이다.”

하지만 그는 내 눈을 보지는 못했다. 나는 배에서 피가 분출하며 나왔다. 나는 바닥에 쓰러지며 미유엘을 떠올렸다. 얼마나 날 기다리고 있을까….

너무 미안한 생각이 들었다. 나 이대로 죽는 건가….

너무 아프다, 어지럽다…. 미유엘… 미안해요….

난 쓰러지는 순간에 두 손을 모으며 미유엘을 간절히 떠올리고 불렀다.

희영이가 일어나서 날 보았다. 그녀의 눈은 빨갛게 타오르고 있었다.

꺼져 가는 내 눈을 보며 이제는 바라보는구나…. 난 정신이 희미해지며 잠시 반짝이는 새하얀 빛을 보고 눈을 감았다.

난 또 어딘가를 헤매고 있었다. 이번엔 아주 평화롭고 좋은 풍경이었다. 그곳은 천국 같았다. 정원에 예쁜 꽃들과 나비가 날아다니고 나무에 열매도 주렁주렁 열려 있고 부드러운 바람이 부는 너무나 아름다운 곳이었다.

“이곳이 맘에 들어? 난 미유엘이야.”

“앗, 정말 미유엘. 나야, 한수민.”

그건 어린 시절 미유엘이었다. 외모는 지금과 같지만 그는 나를 알아보지 못했다.

열심히 수련하는 모습을 보았다. 그런데 뭔가 모르게 미유엘은 방황하고 외로워 보였다. 그리고 미유엘이 죄를 짓는 모습과 벌을 받고 지상으로 내려가는 모습까지 그 과정을 보았다.

‘진정으로 그리워하고 사랑하여 연결이 이루어지면 힘이 크게 회복될 것이다. 다시 돌아가서 꼭 해야 할 일을 함께하거라.’

가장 높은 분에게 나는 맛있는 만찬을 대접받고 인사를 하고 천국과 같은 그곳에서 돌아왔다. 난 또 잠에서 깨어났다. 미유엘이 물수건으로 내 다리를 닦아 주고 있었다.

“미유엘…. 나 또 얼마나 잠을 잔 거예요?”

“오, 깨어났구나…. 벌써 한 달이 지났다.”

“희영이는요? 악마는요?”

“네가 그날 날 불러서 난 바로 갔고, 데브엘 그놈이 네 친구의 몸에 빙

의해서 너한테 그런 짓을 했구나. 왜냐면 널 자기 손으로 죽이긴 힘드니까 그랬을 것이다. 아직 부활하기 전이기 때문에. 그놈을 빼냈고 네 친구는 멀쩡하다. 네가 불러 줘서 힘이 났어. 그놈은 내 검에 많이 다쳤다.”

“근데 그 까만 새 문양이 뭐예요?”

“그건…. 그놈만의 표식이다. 부활이 얼마 안 남았다는 의미이기도 하지….”

난 깜짝 놀라서 일어났다. 그럼 안 되는데….

“미유엘. 그럼 이렇게 가만히 있으면 안 되잖아요!”

“일단 진정 좀 해.”

“네…. 저를 또 열심히 돌보았군요. 고마워요. 신세만 지는군요.”

“그러니까 위험하게 혼자 다니지 마, 제발 좀.”

내가 하늘나라에 가서 그의 과거를 보고 온 이야기는 다음에 하기로 했다.

근데 그 모습을 보고 그가 좀 더 가깝게 느껴지는 이유는 뭘까.

그리고 하늘에서 들었던 그 이야기도 마음에 새겼다.

한 달이나 지나 버려서 시험도 물거품이 되고 난 계절학기를 들어야 했다. 희영이는 학교에서 만났는데, 아무렇지도 않게 전혀 기억이 안나는 듯 예전처럼 날 대했다. 그리고 민석 씨와는 다시 사이가 좋아 보였다.

바람이 몹시 불고 추운 겨울.

눈이 펑펑 내렸다. 계절학기 수업을 듣고 저녁쯤 나왔다.

학교 앞에 도로에서 차들에서 빵빵 소리가 났다. 난 바닥이 미끄러워서 천천히 걸어갔다. 내 호기심에 또 궁금해서 못 참지.

교통사고가 났다. 길이 미끄러워서 차가 미끄러져서 사고가 난 모양이었다. 3차선인데 차 두 대가 2차선까지 막고 있어서 길이 좁아진 바람에 차들이 거북이처럼 지나갔다. 그런데 그게 문제가 아니었다.

사고 난 차의 남자 기사들이 싸움이 났다. 서로 잘못을 따지다가 멱살을 잡고 난리였다.

누군가 옆에서 경찰에 신고를 했다. 빨리 끝날 것 같지가 않아서 인가 보다.

남자들이 말렸지만 멈추지 않았다. 나도 말리려고 했지만 남자 한 명의 눈에 살기가 느껴졌다. 미유엘의 말도 그렇고 난 그냥 지켜보았다.

'저 남자 위험하다…. 눈빛이 이상해….'

근데 그러다가 갑자기 감정이 격해져서 한 명이 흉기를 휘둘러서 나머지 한 명이 쓰러졌다. 나는 마음속으로 미유엘을 불렀다.

몇 초 만에 미유엘이 내 옆에 와 있었다.

"아우 추워. 무슨 일이야, 추운데 왜 불렀어? 누구야? 누가 괴롭혀?"

"아니, 저기 봐요. 큰일 났어요."

나와 미유엘은 에너지 교감이 일어나서 이제 마음속으로 부르면 그가 나타났다. 하늘에서 벌 받고 내려올 때 잃었던 능력을 이제 다시 찾은 것이다.

미유엘이 그 장면을 보더니 고개를 흔들었다.

"저거 또 그놈 짓이네. 저 흉기 들고 있는 놈 눈을 봐."

"나도 보였어요. 눈빛이 이상하다고 느꼈는데."

그가 흉기를 휘두르고 나서 다친 사람을 자기 차에 태우려고 했다.

사람들이 어디 가냐고 묻자 자기가 병원에 데려간다고 했다.

"네가 병원에 데려갈 일은 없다고 본다."

미유엘이 가까이 가서 그를 밀치고 다친 사람을 데리고 나왔다.

그때 마침 누군가 119를 불렀는지 구급차가 와서 다친 사람을 싣고 떠났다.

차가 엉켜서 시끄러웠는데, 미유엘이 두 대의 차를 한쪽에 밀어두어서 길이 뚫렸다.

"또 너냐? 우리 그만 좀 만나지. 이제 지겹다."

"미유엘. 내 일을 막지 마라. 안 그러면 그 여자가 다칠 텐데…."

"허허, 내가 그럼 가만히 있겠냐?"

"이제 얼마 안 남았다. 난 곧 어둠의 제왕이 될 것이다. 그땐 누구도 날 해치지 못해!"

"어서 그 친구 몸에서나 나와, 이 자식아!"

그 악마가 남자 몸에 빙의되어 일을 저질렀다.

미유엘이 그의 등을 세게 쳤더니 악마가 빠져나왔다.

"난 잘못이 없다. 이 인간이 날 불렀다. 죽이고 싶다는 생각을 했으니 내가 온 거지."

"맘이 급한가 보구나? 저번부터 사람의 몸을 빌려 나쁜 짓을 하는 걸 보니. 너 계속 그러다가 최고신께 벌 받는다. 흔적조차 없이 먼지로 사라지게 될 텐데."

"내 세력이 커지고 인간 영혼을 더 먹게 되면 최고신도 어쩌지 못할 걸. 흐흐. 지구는 이제 곧 내가 지배하게 될 것이다."

악마가 빠져나오자 그 사람은 다시 정신을 차렸다.

그리고 조금 있다가 경찰이 왔다.

"이영수 씨, 당신을 살인미수 혐의로 긴급 체포합니다. 당신은 변호사를 선임할 수 있고 묵비권을 행사할 수 있습니다…."

그는 자신의 손에 피 묻은 흉기가 있는 것을 보고 깜짝 놀랐다.

"나? 아니에요…. 난 그런 적 없어요!"

아무도 그의 말을 믿어 주지 않았다. 그는 경찰차에 실려 떠났다.

"너의 능력도 많이 잃은 채 빛의 아이를 수호하는 널 보니 참 우습구나…. 최고신도 널 버린 거나 다름없다. 미유엘 네가 날 따르는 게 어떠냐?"

"야! 그 입 좀 닫지 그래?"

난 악마 놈이 너무 얄미워서 소리를 질렀다.

미유엘은 생각에 잠긴 듯했다.

"네가 내 밑으로 들어오면 너에게 큰 권한을 주겠다. 잘 생각해 보거라. 어느 편이 더 널 위한 건지…. 하하하!"

"와 열받네. 너 같은 더러운 악마가 감히 천사한테 뭐 하는 거야! 야! 너 일루 와!"

내가 그에게 뛰어가려고 하자 미유엘이 날 붙잡았다.

"넌 혼자서 저놈을 당해낼 수 없어. 저놈이 너무 힘을 많이 키웠어."

미유엘이 나한테 조용히 속삭였다.

"그만 가라! 감히 너 같은 악마 따위가 최고신을 이길 수는 없다. 함부로 말하지 마라. 네가 지구를 지배하는 일도 없을 것이다."

"옛정을 생각해서 참고 간다. 미유엘. 나의 제안을 잘 생각해 봐."

악마가 사라지고 나와 미유엘은 초능력으로 순간이동을 했다.

악마가 앞으로 사람의 영혼을 먹는 건 시간문제인데 어쩌지….

"왜 천사는 악마보다 늘 약하죠? 어딜 보든 천사가 약해요….”

"악마는 집요함이 있어서 그렇다.”

"미유엘. 당신도 나한테 집요하잖아요.”

미유엘이 내 말을 듣더니 갑자기 일어나서 나한테 다가왔다.

그리고 그의 얼굴을 나한테 들이밀었다.

"왜…. 그래요? 미유엘….”

"네가 진짜 집요한 게 뭔지 모르는구나. 내가 더 보여 줘도 되겠느냐?”

심장이 콩닥콩닥. 그가 갑작스럽게 가까이 다가오자 난 얼굴이 빨개졌다.

"헐, 이 천사가 미쳤나 봐. 장난 그만해요.”

난 그를 밀어내며 자리를 피했다.

"너처럼 선머슴 같은 아이가 얼굴이 빨개지다니…. 아주 예쁘구나, 하하.”

나는 얼굴을 가리며 내 방으로 들어왔다.

'나 놀리는 게 재미있나 보네. 저런 악동 천사 같으니.'

혼잣말을 하며 난 배시시 웃음이 나왔다. 내가 왜 웃고 있는 거지? 난 내가 웃고 있는 것에 머리를 흔들며 말했다.

'정신 차려, 한수민. 미유엘은 인간이 아니잖아.'

8

눈이 내리고 난 후 길이 이제 빙판길이 되었다.

학교에서 걸어 나오는데 길이 미끄러워서 자꾸 넘어질 뻔했다.

'어릴 땐 재밌다고 미끄럼 타던 길이 지금은 무섭네.'

난 혼잣말을 하다가 어릴 때가 떠올라서 그때처럼 미끄럼을 타고 싶어졌다. 얼음이 꽁꽁 얼어 있는 곳을 난 미끄럼을 타며 지나갔다.

그러다가 신발이 너무 미끄러워서 넘어지려는데 어느새 미유엘이 왔다.

"어어어…."

"이 아가씨가 또 위험한 짓을 하네."

순간 내 몸이 붕 떠서 바닥에 떨어질 뻔했는데, 몇 초 만에 빠르게 그가 잡아 줘서 살았다. 근데 그러다가 그의 품에 안기게 되었다. 따뜻하고 포근했다. 냉혈천사의 품이 이렇게 따뜻할 줄이야.

정신 차려 보니 그의 품 안. 자꾸 왜 이러는 거지?

난 얼른 정신을 차리고 일어나려는데 갑자기 그가 확 끌어당겼다.

"따뜻하다. 잠깐만. 인간의 심장 소리와 체온이 참 따뜻해."

그는 약간 인간을 탐험하는 듯한 말을 했다.

그래서 난 그냥 가만히 있었다. 그러다가 궁금한 게 생겼다.

"뭐예요? 그렇게 많은 빛의 아이를 지켰다면서 이런 적 없었어요?"

"응. 한 번도 없었어. 내가 워낙 까칠하잖니. 그리고 너만큼 특이한 아이도 없었어."

"그래요? 내가 좀 천방지축이긴 하죠."

우리는 조금 멋쩍어서 자꾸 다른 곳을 봤다.

이건 인간끼리의 애정이 아니야. 그냥 천사가 인간의 체온이 따뜻하니까 신기해서 저러는 거야. 착각하지 말자. 나는 혼자 이렇게 생각했다.

"에잇, 나 좀 끌어 줘요. 어디 썰매 만들 거 없나?"

나는 어디서 비닐을 가져와서 그 위에 무릎을 구부리고 앉았다.

"자 밀어 보거라, 미유엘아. 명령이다."

"네, 알겠습니다. 밀어드립죠."

미유엘과 나는 아이처럼 썰매 끌기 놀이를 했다.

한참 타고 있으니 아이들이 나와서 썰매놀이를 하고 있었다.

아이들이 나오자 나는 아이들과 같이 놀았다.

눈싸움도 하고 눈사람도 만들고 미유엘에게 엄청 큰 눈을 뭉쳐서 던졌다. 다른 아이들과 놀고 있는 미유엘의 뒤통수를 정통으로 때렸다.

"앗, 누구냐?"

나는 모르는 척하며 다른 아이들과 눈싸움을 했다.

어느새 미유엘이 눈을 몽땅 들고 와서 내 머리 위에 뿌렸다.

"아잇, 진짜 그러기예요?"

"누가 먼저 시작했나 몰라."

한참 진짜 아이들과 엉켜서 재밌게 놀았다.

어느덧 날이 컴컴해지자 아이들은 들어가고 둘만 남았다.

"어릴 때 생각나요. 시간이 벌써 이렇게 흘렀네요."

나는 미유엘과 재미있는 시간을 보내고 집에 와서 부모님께 전화를 드렸다. 날씨 추운데 잘 계신지 안부 전화였다.

"넌 참 착하구나, 한수민. 볼수록 순수해. 그러니까 빛의 아이지."

"미유엘 당신은 부모님이 있어요?"

"음. 나의 아버지는 최고신이야."

미유엘은 그렇게 말하며 생각에 잠겼다. 그리운가 보다. 돌아가고 싶나 보다.

집으로 와서 따뜻한 물에 샤워를 하고 누웠다.

그리고 잠이 들었는데 왜 이렇게 추운 거지? 너무 추워서 잠에서 깼다. 보일러를 분명히 켰는데 꺼져 있었다. 전기장판도 고장 났다. 이불을 아무리 덮어도 해결되지 않았다. 바깥 날씨가 영하 10도였다.

이걸 어쩌지…. 그때 미유엘이 내 방으로 들어왔다.

"이런…. 보일러가 고장 났구나. 이대로는 너도 나도 얼어 죽는다."

미유엘이 내 이불 속으로 들어와서 나를 꼬옥 끌어안았다.

"지금은 이 방법뿐이다…. 조금만 늦었으면 큰일 날 뻔했어. 몸이 얼음장이다."

그는 나를 더 꽉 안았다. 나는 시간이 조금 지나서야 몸이 조금 녹았다.

정말 난로처럼 따뜻했다. 그제야 잠을 잘 수 있었다.

"고마워요, 미유엘."

조금이라도 자다가 떨어지려 하면 나도 그를 꼭 안았다.

왜냐면, 너무 추우니까.

아침이 되어서도 보일러 기사를 부르기 전에는 추워서 꼼짝을 할 수가 없었다. 서로 안 떨어지고 붙어 있어야 춥지 않아서 안고 있는 게 좀 익숙해졌을 정도였다.

"너와 내가 끌어안고 자서 내 에너지가 많이 차오른 걸 느낀다. 내가 천상계에서 내려올 때 별로 힘을 많이 잃어서 회복시키는 방법을 몰랐는데, 이제야 안 것 같다."

"그 해답은 나와 같은 빛의 아이에게 에너지를 받는 것인가요?"

"그것도 그렇지만 뭔가 또 다른 게 있는 거 같은데, 그걸 아직 못 찾았어. 어쩌면 그 두 번째 방법이 더해지면 데브엘이 어둠의 제왕이 되더라도 그놈을 물리치는 데 도움이 될지도 모르겠다."

그게 뭘까? 나와 미유엘이 같이 할 일이 있다고 했는데 무슨 연관이 있을까?

보일러 기사가 와서 고쳐 주고 나서 방이 따뜻해졌다.

난 그래도 감기 기운이 있어서 몸이 좋지 않았다. 머리도 아프고 콧물에 재채기에 목도 따끔거렸고 미열도 났다. 기운이 없어서 계속 자다가 깼다가를 반복했다.

그는 또 날 간호했다. 언제 갔다 왔는지 감기약을 사 왔다.

그리고 죽을 열심히 끓여서 가져다주었다.

"이것 좀 먹어 봐, 수민아. 이거 먹고 약 먹어야지."

"입맛이 없어요…."

"어서 먹어야 해."

나는 모든 게 귀찮을 정도로 그냥 눕고만 싶었다.

"수민아. 너 이거 먹고 그 악마 놈 막아야 할 텐데. 어디서 또 무슨 짓을 하고 다닐지 모르잖아."

그는 일부러 악마 놈 이야기를 꺼냈다.

"아! 그 악마 놈 어디 있어요?"

나는 벌떡 일어났는데 어지러워서 다시 주저앉았다.

미유엘이 걱정스럽게 말을 하며 직접 죽을 떠먹여 주었다.

약까지 먹고 나서 난 다시 누웠다. 독감에 걸린 거 같다.

"미유엘 당신도 옮을지 몰라요. 아, 아닌가? 인간이 아니지."

"맞아. 난 바이러스가 오지 않는다."

"아, 힘들어요…. 나 좀 치료해 줘요. 당신은 치료해 주는 능력 있잖아요…."

"그 방법이 있지만 네가 거부할지도 몰라서. 근데 이미 한번 해 본 것이다…."

"뭔데요? 어서 치료해 줘요."

헉, 아무것도 모르고 또 당했네.

그 치료법은 바로 입을 맞추는 것이었다. 전에 내가 물에 빠졌을 때 이미 한번 나에게 숨을 불어넣었던 적이 있었다. 그는 나에게 입을 맞추며 에너지를 불어넣었다.

그때와 다른 이상한 느낌은 뭘까. 이성 간의 느낌이 이런 건가?

난 모태솔로라 연애를 안 해 봐서 잘 모른다.

입술로 에너지를 받고 난 잠이 들었다.

그리고 다음 날이 되니 정말 멀쩡하게 나아졌다. 신기한 힘이다.

희영이한테 연락이 왔다. 정우 선배가 곧 희영이 생일이라고 밥을 사 준다고 해서 나도 부르라고 했다는 것이다.

난 오후가 되어 미유엘에게 희영이를 만난다고만 말하고 나왔다.

정우 선배 이야기하면 왠지 안 좋아할 거 같아서이다.

저녁 시간이 되어 약속 장소에 갔다. 희영이 남자친구와 정우 선배와 희영이가 기다리고 있었다. 피자와 파스타를 파는 맛있다고 소문난 가게였다.

정우 선배는 후배의 생일을 원래 잘 챙기는 선배였다.

"희영아, 생일 축하해. 오늘 맛있게 먹어."

정우 선배의 말에 희영이가 함박웃음을 지으며 좋아했다.

민석 씨도 정우 선배에 대해서는 거부 반응이 없었다.

그리고 정우 선배는 집안이 좀 잘 사는 편이라 차도 있었고 경제적으로 넉넉한 사람이었다. 그리고 본인이 외동아들이라 챙겨 주고 싶다고 말을 했다.

내가 준비한 케이크로 생일 노래와 촛불을 끄고, 본 메뉴 타임.

사진을 멋지게 찍고 밥도 맛있게 먹고 음식점에서 나왔다.

희영이 커플이 먼저 가고 정우 선배와 나는 배가 부르니 좀 걷다 가자고 했다.

밤에 운동하는 사람들이 많았다. 그냥 이런저런 일상 얘기를 하며 걸었다.

"수민아. 남친은 오늘 안 나왔네?"

“아 네. 요즘은 그래요. 필요할 때 와요.”

“필요할 때? 아 그래…. 밤공기가 상쾌하니 좋다, 그치?”

“네, 좋아요. 후배들 잘 챙겨 주시고 감사해요, 선배.”

“아냐. 너희들 챙기는 게 내 낙인데 뭐. 특히 수민이 너 보는 게 내 낙이야. 넌 나를 어떻게 생각해?”

정우 선배는 이렇게 말하며 내 손을 잡았다.

“네…. 좋은 선배로 생각해요.”

난 자연스럽게 손을 빼려고 했지만, 그가 꽉 잡고 놓지 않았다.

“감히 내 여친의 손을 잡아? 응큼한 자식 같으니.”

헉! 갑자기 미유엘이 나타났다. 어떻게 알고 온 걸까?

그는 정우 선배의 팔을 잡고 꺾었다. 저번에도 이랬는데 또 이러면 안 될 거 같아서 난 미유엘을 말렸다.

“그만 좀 해요. 별일도 아닌데 왜 나타나고 그래요? 내가 부르지 않는 이상 오지 마세요. 이건 내 삶을 당신이 방해하는 거라고요!”

내가 정말 적극적으로 나서서 말리자 미유엘이 멈췄다.

“선배, 괜찮아요? 미안해요….”

난 정우 선배에게 다가가서 사과를 했다.

미유엘은 옆에서 그 모습을 보더니 어느샌가 사라졌다.

정우 선배가 괜찮다고 말하니 다행이었다. 조금 더 같이 걷다가 난 집으로 돌아왔다.

“뭐 해요? 밥은 먹었어요?”

난 아무렇지 않게 미유엘이 지내는 방문을 열었는데 보이지 않았다.

음…. 어디 갔지? 아까 내가 했던 말이 생각이 났다.

혹시 내 말 때문에 상처받았나? 내가 말을 너무 심하게 했을까?

별생각이 다 들었고 걱정이 되었다.

그렇게 그날은 미유엘이 사라졌다,

그 뒤로도 미유엘은 나타나지 않았다. 어디로 간 걸까?

같이 있다가 없으니까 허전함이 느껴졌다. 그리고 같이 지냈던 이런저런 일들이 머릿속에서 떠올랐다. 그런데 한편으로는 미유엘이 날 지켜주면 난 평생 누구와 결혼도 못 하고 연애도 못 하고 살아야 한다는 뜻인가, 그런 생각도 들었다.

이렇게 내 옆을 졸졸 따라다니고 사사건건 간섭하는 사람, 아니 천사가 옆에 있는데 내가 무슨 연애를 하고 무슨 결혼을 할 수 있을까 싶었다.

그렇게 생각해 보니 그냥 마음이 후련했다.

'휴…. 그냥 안 보이는 게 잘된 건지도 몰라….'

혼자 이렇게 생각을 마무리하며 시간을 보냈다.

눈보라가 휘몰아치고 모든 게 꽁꽁 얼어붙고 추위가 기승을 부렸다. 집에 가는 길목에 사람들이 웅성웅성 모여 있었다.

"아이구…. 불쌍해라…. 8살 된 애기가 강아지를 끌어안고 죽었대."

"글쎄, 아빠가 혼자 키웠대. 공사장에 다녔나 봐. 일 때문에 이틀을 집에 못 갔다나? 그 사이에 보일러가 고장 났대."

"어머나, 불쌍해라…. 이렇게도 추운 날씨에…. 그래서 강아지를 끌어안고 추위에 떨다가 둘 다 죽은 거구나. 강아지도 새끼 강아지라서…."

"응. 아이가 강아지를 꼭 껴안은 채 죽어 있었대…."

"흑흑흑…. 민호야…. 미안하다…. 이렇게 먼저 가면 어떻게 해…."

아이와 강아지는 들것에 실려서 흰 천에 싸인 채 구급차에 올랐다. 아이의 아빠도 엉엉 울면서 차에 같이 타고 사라졌다.

근데 아이와 강아지가 실려 갈 때 내 눈앞에 필름처럼 잠깐 까만 새 그림이 보였다.

'또 그 악마 놈 짓이네….'

난 아이와 강아지가 너무 불쌍해서 눈물이 났다.

악마 때문에 영혼도 구할 수 없게 된 것이다.

현실이 슬펐다. 저 아이는 선택한 것도 아닌데 힘든 부모를 만나서 추위에 떨다가 저렇게 죽고…. 현실을 어떻게 바꿀 수 있을까 하는 생각이 들었다.

아이는 잠결에 추워서 아빠를 불렀을 텐데…. 엄마가 있다면 엄마도 부르며 숨이 끊어졌겠지. 아이들 영혼의 문제를 해결하고 아무리 불쌍한 사건을 봐도 예전엔 마음이 아파서 많이 울었지만 이제 무뎌져서 울지도 않았다. 근데 오늘은 왜 이렇게 우울해지는 걸까? 그리고 집에 오니 난 또 그와 함께 있었던 장면이 떠올랐다.

"우리 집도 보일러 고장 났는데, 미유엘이 날 구해 줬었는데…. 훌쩍 훌쩍."

난 눈물을 닦으며 정말 오랜만에 소주병을 꺼냈다.

오늘은 술이라도 먹지 않으면 우울해서 안 될 거 같았다. 내 멘탈도 약해졌나 보다. 이 문제는 누구와도 말할 수 없는 이야기니까.

희영이도 내가 귀신을 보고 해결하고 그런 걸 알고는 있지만 깊이는 알지 못하기에 난 다 이야기할 수가 없었다. 난 혼자 수없이 고민을 했고 방황을 했던 시절이 있었다. 왜 난 평범하게 살지 못하는 건지에 대해서

말이다. 불의를 보면 못 참는 태도와 이 예민한 감각들…. 참 어렵고 힘
들다.

난 혼자 김치 하나 놓고 술을 마셨다. 소주 1병을 다 마셨다.

"미유엘! 어디 갔어! 빨리 나타나란 말이야. 훌쩍훌쩍. 눈물에 콧물에,
나 왜 이러냐…."

두 병째 소주를 꺼내 들었다.

"그만 먹지 그래?"

술이 취해서 얼떨떨했다. 이 익숙한 목소리. 반가운 목소리.

"어? 이게 누구야? 오랜만이네. 우리 미유엘 씨. 보고 싶었는데 왜 이
제 와? 당신이 천사라는 게 아쉬워. 인간이라면 참 좋을 텐데."

난 이렇게 말하고 웃으며 내 두 손으로 미유엘의 양 볼을 감싸 안았다.
그는 내가 들고 있던 소주를 가져갔다.

"어디 갔다 온 거야? 아우, 발음이 왜 자꾸 꼬이냐…. 나 안 취했는데."

"네가 방해된다고 사라지라고 해서 사라졌고, 네가 불렀으니 다시 온
거잖아."

"아…. 내가 그랬나? 아휴, 말도 잘 들어요. 우리 천사님. 휴…. 나 힘
들어. 나 그냥 귀신 안 보고 평범하게 살고 싶어. 사건 일어나면 마음 아
프고 싶지도 않고…. 알고 싶지도 않고…. 그 악마인가 뭔가 그놈 신경
쓰고 싶지도 않고…. 힘들다. 마음이 아파…."

"강철 같은 네가 울기도 하는구나. 그래. 넌 빛의 아이니까 세상에 어
떤 목적을 갖고 태어난 아이라서 그건 너의 무거운 짐이 될 거야. 우리
천사들은 그걸 너무 잘 알지. 그래서 너희들은 특별 관리를 하는 거야.
그 빛의 아이 중에서도 넌 최고 탑이야. 울고 싶으면 오늘은 실컷 울도록

하거라."

　이렇게 말하며 미유엘은 나를 안아 주고 다독여 주었다. 난 지금껏 누구에게 진실하게 이런 고민에 대해서 말해 본 적이 없는데, 공감을 해 주니 마음이 후련해지는 거 같았다. 난 미유엘의 따뜻한 품에서 울다가 잠이 들었다.

　귓가에 아련하게 그의 목소리가 들렸다.

　'네가 날 불러 주길 기다렸다…. 한수민.'

9

아침 햇살 때문에 눈부셔서 잠이 깼다.

"아고, 머리야…."

어제 내가 분명히 소주를 혼자 마셨는데 그 뒤로는 기억이 잘… 안 나는 게 아니라 내가 미유엘을 불렀구나. 그를 보니 기억이 막 하나씩 떠올랐다.

내가 막 울던 모습. 그리고 울다가 안겨서 잠들었던 거 같다.

"머리 아프겠다. 어제 술 많이 마셨잖아. 꿀물 좀 마셔 봐."

미유엘이 나에게 따뜻한 꿀물을 가져다주었다.

꿀물을 마시니 조금 나아진 거 같았다.

"어디 있었던 거예요? 갑자기 사라져서는…. 앞으로는 막 그렇게 맘대로 사라지고 그러지 마요. 나 또 다치면 어쩌려고 그래요?"

"안 다치고 아주 얌전히 지내던걸."

"그걸 어떻게 알아요?"

"아니…. 네가 날 안 불렀으니 그랬나 보다 했다."

난 입을 삐죽거리며 일어났다.

집에만 있기 답답해서 낮에 햇빛을 쐬러 밖으로 나왔다.

겨울이라 꽁꽁 얼어 있었지만, 낮에는 그나마 옷을 껴입고 나오면 견딜 만했다.

"수민이 안녕? 어머! 유엘 오빠 맞죠? 그때 학교에서 봤던….."

학교에서 퀸카로 유명한 언니가 미유엘에게 인사를 건넸다.

나 학교 다닐 때 미유엘이 학교에 따라다녔는데 그때 다가왔던 여자였나 보다.

"아, 그래. 그때 봤었지."

"저 이 근처로 이사 왔어요. 언제 놀러 오세요, 호호~"

그 여자는 그렇게 말하며 미유엘의 팔짱을 끼고 애교를 부렸다.

"내가 너희 집에 가야 하는 이유가 있느냐?"

미유엘은 단호하게 팔짱을 풀고 걸어 나갔다.

"어머 남자다워라. 멋있다니까. 오빠, 우리 집 저기예요. 또 봐요."

남자가 저렇게 냉정하게 가는데도 콩깍지가 단단히 씌었나 보다.

난 왜 이렇게 짜증이 날까. 미유엘은 벌써 저 앞에 걸어가고 그 여자는 사라졌다.

내 기분은 왜 이러지? 난 그냥 반대 방향으로 혼자 걸어갔다.

같이 걷고 싶지 않아서이다. 미유엘이 금세 내 옆으로 따라왔다.

"신경 쓰지 말거라. 저런 여자 따위는….."

"왜요? 놀러 가지 그래요?"

"내가 저 여자 집에 갔으면 좋겠니?"

"그래요, 가세요."

“난 너의 말만 듣는다. 나 진짜 가도 돼?”

“몰라요! 맘대로 해요.”

나는 화가 나서 혼자 집으로 걸어와 버렸다.

먼저 집으로 온 나는 혼자 반성을 했다. 내가 왜 화를 내는 거지? 진짜 남자친구도 아닌데 왜 내가 화를 내고 있는 건지 모르겠다.

사람이 아닌데 말이다. 그냥 마음을 다잡았다.

미유엘이 집으로 와서 내 눈치를 살피는 거 같았다.

“나 괜찮아요. 신경 쓰지 마요.”

“너 혹시 질투 그런 거 하는 거야? 인간들의 감정 중에 있잖니.”

“아뇨, 당신 말대로 그건 인간에게 가져야 하는 감정이죠. 당신은 인간이 아니잖아요.”

미유엘은 말이 없었다. 그냥 다른 방으로 가서 혼자만의 시간을 즐기고 나도 그렇게 지냈다. 그런데 그가 좀 더 전보다 진중해진 거 같았다.

예전에 나를 처음 봤을 때는 더 까칠하고 내 눈치를 살피거나 그런 것도 없었는데 좀 변해 보였다.

추운 겨울이 지나고 봄이 다가왔다. 난 이제 22살이 되었다.

뉴스에서 화재 사건과 실종 사건이 나왔다.

새벽에 꿈을 꿨는데 무슨 숫자가 보였다. 그건 어떤 신호처럼 느껴졌다.

“미유엘. 악마 좀 막아 봐요. 이렇게 가만히 있으면 안 되잖아요.”

“최고신께서 왜 가만히 계신 거지? 분명히 아실 텐데….”

“그분은 악마를 이길 수 있는 거예요? 그럼 좀 없애 달라고 해요.”

“그놈이 힘을 키워서 그건 장담할 수 없어. 나도 혼자서는 힘들어. 하지만 난 그놈보다 널 지키는 게 더 중요해."

"지구가 망가지면 날 지키는 것도 소용이 없어요. 당신이 아무리 날 지키려고 해도 어쩔 수 없다고요."

미유엘은 별다른 반응이 없어 보였다. 난 더 이상 이야기를 하지 않았고 그냥 평소처럼 지냈다. 요즘엔 이상하게 아이들의 영혼도 잘 보이지 않았다. 악마에 대한 소문이 퍼져서 무서워서 꽁꽁 숨어 있는지도 모른다.

어느 날, 학교 수업을 마치고 집에 왔는데 뭔가 이상했다.

우리 집에서 인부들이 짐을 옮기고 있었다.

"어? 아저씨들 누구세요? 여기 우리 집인데…."

"응, 수민아. 우리 이사 가자. 이 집은 너무 좁고 벌레도 많고 너무 오래됐어."

안 그래도 주인집에서 계약 기간이 끝났다고 해서 고민 중이긴 했다.

"아니, 아무리 그래도 나한테 한마디 말도 없이 이게 뭐예요? 어디로 가는데요?"

"응, 가 보면 알아. 너도 만족할 거야."

내가 학교에 다녀온 사이에 미유엘이 모든 절차를 다 마무리해 놓았다. 새로 이사 간 집은 엄청 넓고 좋았다.

"이 집은 어떻게 구한 거예요? 난 돈이 없는데. 보증금 500뿐이라고요."

"걱정 마라. 최고신께서 카드를 주셨다. 너랑 큰집에서 살라고 하셨어."

이건 또 무슨 일일까? 하루아침에 경기도 쪽에 조그만 정원이 있고 방 4개에 거실도 넓고 화장실도 두 개나 있는 넓은 단독주택으로 이사하게 되다니.

“진짜 이거 받아도 되는 거예요?”

“아이고, 두 분이 참 잘 어울리네요. 신혼부부신가 봐요. 집도 좋고 기분 좋으시겠어요.”

“어머, 신혼부부요? 아… 아니에요!”

내가 깜짝 놀라서 대답했다. 미유엘은 그냥 별말 없이 웃고 있었다.

집은 정말 좋았다. 이 어린 나이에 이렇게 큰집이라니. 얼떨떨했다. 하늘에서는 뭘 계획하고 있는 것일까?

거기다가 청소랑 음식도 만들어 주는 아주머니까지 고용하라고 하셨단다.

“이건 정말 무슨 횡재일까요? 너무 커서 불안한데요….”

이사를 마치고 짐 정리도 거의 끝났다.

“오늘 중간 상황을 보고하러 갔더니, 잘하고 있다고 칭찬하시면서 별말 없이 카드를 주시고는 집을 사라고 하셨다. 거기다 일해 주시는 아주머니까지. 뭔가 다른 계획이 있는 거 같으신데 너와 내가 방법을 직접 찾을 거라면서 말을 안 하신다. 나도 고민하다가 그냥 받기로 했어. 너도 좋고 나도 좋은 거 아니냐.”

“그렇기야 하지만요….”

나와 미유엘은 그날부터 편안하게 그 집에서 지낼 수 있었다.

반찬 걱정 안 해도 되고 내가 먹는 음식과 학비에 생활비도 다 지원해 주셨다고 한다.

이게 갑자기 무슨 호화로운 생활인지 모르겠다.

난 더 이상 아르바이트를 하지 않아도 되니 공부에 전념하고 너무 좋았다.

미유엘은 의류 피팅 모델 제안을 받았다면서 그것을 해 보겠다고 했
다.

"미유엘. 일 안 하다가 힘들 텐데, 괜찮겠어요?"

"응. 인간 세계의 일은 한 번도 안 해 봤지만, 의류 피팅 같은 건 해 볼
만하다."

미유엘은 정말 피팅 모델 일을 잘했다. 그가 돈을 벌어가지고 왔다.

"와, 신기해요. 천사가 인간의 일을 해서 돈을 벌어 오다니요⋯."

약간 그와 나는 반 부부처럼 지내고 있었다.

이사 와서 며칠 후, 정원에 나와 나무와 꽃들을 감상하고 있었다. 햇빛
에 반사되어 바닥에 풀들 사이에 무언가 반짝이는 게 보였다.

가까이 가서 보니 오묘하게 빛나는 돌이었다. 빛깔이 너무 예뻐서 나
는 그 돌을 주워서 집에 가지고 들어왔다. 뭔가 어떤 이상한 무언가가 내
머리에 들어오는 기분이었다. 머리가 조금 아팠다. 난 물에 깨끗이 씻어
서 내 방 화장대에 올려 두었다.

그 무렵 나에게 이상한 능력이 생겼다. 바로 그것은 꿈에 악마의 계획
을 보고 듣는 것이었다. 그 돌을 줍고 나서 그런 능력이 생긴 거 같았다.

"이놈들! 내 에너지의 절반을 그 돌에 넣어 두었는데, 내 스톤이 어디
로 살아졌다는 것이냐!!

"분명히 잘 숨겨 두었는데⋯. 곧바로 찾아오겠습니다."

"빨리 찾아와라! 아니면 네놈들 목숨도 성치 못할 것이다!"

꿈에 본 장면이었다. 악마는 이 돌을 찾고 있는 거 같았다.

"미유엘. 이 돌을 줍고 나서 저한테 이상한 능력이 생겼어요."

“이건 오팔이라는 돌인데 어디서 난 것이냐? 이 돌에 강한 악마의 에너지가 느껴지는구나.”

미유엘은 돌을 만져 보고 에너지를 느꼈나 보다.

“이걸 갖고 난 후에 꿈에 악마의 계획과 이야기를 듣게 되었어요. 요즘 주춤한 것이 이런 이유였나 봐요. 그놈이 발목이 잡혔네요.”

“그래. 우리를 여기로 보낸 이유가 이것이었다. 최고신은 알고 계셨어.”

뭔가 희망을 찾은 거 같았다. 이 돌을 아무도 찾지 못하게 꼭꼭 숨겨 두었다.

“우리가 여기에 산다는 것을 절대 들키면 안 된다. 악마는 돌이 있는 곳에 자연스럽게 끌림을 느낄 거야.”

“알았어요. 우리는 요즘 그의 일에 별다른 간섭을 하지 않고 있으니 우리를 타깃으로 삼진 않을 거 같아요.”

우리는 그날부터 악마의 돌을 지키는 것에 온 정신을 쏟았다.

나는 밤마다 악마의 이야기를 들었다.

“내 스톤을 아직도 못 찾은 것이냐! 이런 쓸모없는 놈 같으니!”

악마는 자신의 부하를 칼을 꺼내어 슥 베었다.

“도대체 어디 간 게지? 어찌 느껴지지 않는단 말이냐?”

“데브엘 님. 어느 땅속이나 바닷속에 있어서 그런 건 아닐까요?”

“아니다. 그 정도는 내가 충분히 느끼고 찾을 수 있다. 이렇게 내가 느낄 수가 없다는 건, 어떤 강한 에너지 속에 가려져 있을 때다. 이제 몇 명의 영혼만 먹으면 난 부활하는데 이렇게 발목을 잡히다니.”

“데브엘 님, 먼저 인간 영혼을 드시고 찾으시는 게….”

“안 된다. 내 에너지의 절반이 없는 상태라서 미유엘 놈이 날 공격하면 난 버티지 못할 것이다.”

악마는 두려움에 떨고 있었다. 참, 이 나쁜 악마가 두려움에 떨고 있을 때도 있다니 너무 만족스러웠다. 미유엘은 피팅 모델을 열심히 잘해서 돈을 잘 벌어 왔다.

“우리 천사님. 천사로 살기엔 너무 아까운 재주 아닌가요?”

“하하. 내가 좀 멋있긴 하지.”

그의 활동명은 미유였다. 모델 활동을 하면서 쫓아다니는 몇몇 팬들이 생겼다. 어느새 우리 집을 찾아와서 아침부터 진을 치고 기다리고 있기도 했다. 그의 말 한마디에 막 소리를 지르고 난리였다. 한 6명 정도의 집착이 어머어마한 고등학생 팬들이었다. 우르르 몰려다니며 쫓아다녔다. 난 괜히 그 여자들의 따가운 눈총을 받아야 했다. 내가 같이 집으로 들어가는 것을 보고 그 여자애들은 나를 흘겨보았다. 난 참 어이가 없었다.

난 미유엘과 집 앞에서 만나서 들어가다 말고 멈춰 섰다.

“너희들 왜 날 그렇게 보니?”

“언니, 왜 여기서 우리 미유 오빠랑 같이 살아요? 둘이 무슨 사이예요?”

얘들한테 뭐라고 말해야 할지 순간 고민이 되었다.

“누구긴. 내가 여자친구다. 왜? 너희들은 학교 안 가냐? 학생이면 공부를 해야지. 맨날 여기 와서 죽치고 있고 너희 부모님들 전화번호 말해 봐.”

“여자친구요? 칫, 상관없어요. 미유 오빠는 나한테 올 거라고요.”

한 명이 그렇게 말하자 자기들끼리 약간의 트러블이 생겼다.

서로 미유엘이 자기 거라고 우기는 것이었다.

"야, 잔말 말고 집에 가서 공부나 해. 빨리 가! 안 가?"

그때 그중 한 명이 내 머리채를 잡았다.

"아니. 이 쪼끄만 게…. 야! 이거 안 놔?"

그때 미유엘이 나왔다. 미유엘은 그 여자애 손목을 세게 잡았다.

그 여자애는 내 머리카락을 놓았다.

"잠깐! 나 못 참아. 너 나한테 한 대만 맞자. 이게 어디서 언니한테 덤벼?"

나는 내 머리채를 잡았던 여자애의 뺨을 한 대 세게 때렸다.

미유엘이 나와서 모든 상황이 종료되었다. 그리고 내가 더 때리려고 하자 미유엘이 나를 말렸다.

"야. 다들 핸드폰 내놔. 너희 부모님들한테 전화하게."

"언니. 한 번만 봐주세요. 다시는 안 그럴게요. 죄송합니다."

학생들은 나에게 싹싹 빌며 말했다.

"이번 한 번만 봐준다. 빨리 가!"

그 학생들은 꾸벅 인사를 하고 뒤도 안 돌아보고 뛰어갔다.

"이 아가씨 큰일 날 아가씨네. 학생들 때려서 경찰서 가려고?"

"아까 그 애들이 먼저 나 째려보고 머리채 잡았거든요!"

"들어보니 내 여자친구라고 말한 거 같던데. 맞지? 질투한 거야?"

"내…. 내가요? 내가 그랬나…? 열받아서 기억이 잘…."

난 얼굴이 빨개져서 얼른 내 방으로 들어가 버렸다.

분명히 집안에 들어가 있었는데 언제 들었는지 모르겠다. 역시 천사가 맞긴 맞다는 것이 다시 떠올랐다. 요즘은 잠깐씩 인간으로 착각할 정도였다.

계속 같이 생활을 하니까 내가 그럴 만도 하다.

'어우. 왜 잘생겨 가지고 여자들이 아주 그냥 졸졸 따라다녀. 하…. 피곤해.'

아까 내가 그렇게 화낼 일도 아니었는데 왜 욱했는지 모르겠다.

정말 질투를 해서였을까? 나도 잘 모르겠다.

왜 하늘에서 이런 시련을 나한테 주시나요….

10

악마의 돌을 지키기 위해 우리는 집에 없을 때는 그 돌을 한 명이라도 지니고 다녔다. 둘 다 밖에 나갈 경우 지킬 수 없기 때문이다.

그날도 내가 그 돌을 지니고 다니다가 집으로 왔다.

다행히 크기가 계란 한 개 정도 사이즈라서 지니고 다니는 데는 별로 무리가 없었다.

"미유엘, 저 씻고 올 테니 이거 잘 지켜요."

"응, 알았다."

난 샤워를 하고 나와서 화장품을 바르고 돌을 찾았다.

"미유엘! 돌이 어디 갔죠?"

밤이 되어서 밖에서 무슨 빛이 보였다.

밖에 나가 보니 정원에 그가 있었다. 옆집 아주머니와 함께.

"아주머니, 어서 그거 주세요."

"뭘 주라는 거야? 나 아무것도 없는데."

"에이, 방금 이사 왔다고 떡 주시면서 식탁 위에 있던 돌 가져갔잖아요?"

그 아주머니의 주머니에서 빛이 나고 있었던 것이다.

그 빛은 나와 미유엘에게만 보여서 알 수 있었다.

"아주머니, 그거 가져가면 큰일 나요. 어서 주세요."

나도 합세해서 이야기했다. 아주머니는 딱 잡아떼고 없다고 했다.

"아휴, 이 아줌마 안 되겠네."

미유엘은 그 아줌마 목덜미를 툭 쳐서 기절시켰다. 그리고 주머니에서 얼른 그 돌을 꺼냈다. 그리고 그는 그 아주머니를 한 손으로 들고 그의 집 앞에 데려다 놓고 벨을 눌렀다. 그리고 좀 있다가 남편이 나와서 그 아주머니를 깨웠다.

"이봐. 당신 무슨 일이야?"

"응? 내가 왜 여기서 잠이 든 거죠? 나 아까 옆집에 간 거 같은데….."

"그래. 떡 준다고 갔었잖아. 많이 피곤했나 보네. 오늘 이사하느라…. 어서 들어가자."

나는 미유엘과 숨어서 그 장면을 보고 집으로 돌아왔다.

"휴…. 진짜 큰일 날 뻔했어요. 어떻게 된 거예요?"

"이게 인간의 손에 들어가면 이상한 힘에 조종당하여 온갖 악행을 하게 될 것이고, 악마 놈에게 들키는 건 시간문제다. 식탁에 잠시 올려 두었는데 그때 마침 저 아주머니가 와서 떡을 주면서 집 구경을 하고 싶다면서 그냥 막 쳐들어왔다."

"그래요? 남의 잡을 함부로 막 들어와요? 무례하시네. 조심해야겠어요."

"아마 악마의 힘에 이끌려서일 것이다. 욕심이 많은 사람일 거야."

"이거 정말 위험하네요."

우리는 이 돌을 정말 더 잘 지켜야겠다고 생각했다.

난 학교생활에 정신이 없었다. 또 시험이 다가오고 과제도 많았다. 어느덧 미유엘은 내 과제를 도와주고 있었다. 그림을 가위로 자르고 붙이고 같이 했다. 과제가 내가 만든 교구로 수업을 시연해야 했다. 집에서 열심히 연습을 했다. 희영이도 같이 만나서 서로 도와주고 그렇게 바쁘게 보냈다.

운명의 날. 그 수업은 좋은 점수를 받았다.

그리고 무용도 배워야 했다. 무용을 등록해서 개인 교습을 받고 난 빠르게 습득했다. 시험 결과는 다 괜찮았다. 아르바이트를 안 하니까 다 해낼 수 있는 것이다.

"정말 유치원 어린이집 선생님은 만능이어야 하는구나."

"맞아요. 그런 거 같아요. 아이들을 다양한 영역에서 교육해야 하니깐요."

시험이 끝나고 동아리 방에 갔다. 새로 온 멤버가 있었다.

3학년 편입해서 들어온 남자였다. 희영이가 잘생겼다고 나한테 귀띔을 했다.

"반가워. 경영학과 편입생 민형진이야. 나이는 26살이야."

우리보다 나이가 많은 오빠였다. 새로 들어온 사람으로 활기가 차올랐다. 동아리 후배 여자애들에게 그 오빠는 인기 폭발이었다.

무슨 배우 같이 생겨 가지고 매너도 좋았다.

"언니, 그동안은 정우 선배가 탑이었는데 형진 선배가 정우 선배보다 훨씬 더 멋있어요. 인기 투표하면 질 걸요. 호호~"

“그래. 멋있긴 하더라. 근데 좀 바람둥이 같지 않니?”

내 눈에 그렇게 보였다. 너무 매너가 좋아서 말이다.

날짜를 맞춰서 신입 환영회를 했다. 술 마시고 폭탄주 마시고 아주 다들 신이 났다. 난 술을 좋아하지 않아서 1차를 마치고 들어가려고 일어났다.

“어딜 가? 아직 안 끝났잖아.”

그는 날 다시 제자리에 데리고 가서 앉으라고 해서 난 할 수 없이 앉았다. 그런데 난 2차에서 어느 정도 하고 일어났다. 다들 좀 취해 있었다. 나만 너무 멀쩡한 게 이상할 정도였다.

내가 일어나서 몰래 가려고 하자 형진 오빠가 내 손을 잡았다.

“같이 일어나자. 내가 데려다줄게.”

“아니에요. 나 혼자 갈 수 있어요. 난 아주 멀쩡해요.”

형진 오빠가 일어나자 다들 끝나는 분위기였다. 이제 술에 너무 취해서 더 이상 있을 수가 없었기 때문이다. 난 여자 후배들을 다 택시 태워서 집에 보냈다.

희영이도 그녀의 남자친구가 데리러 와서 모두 가고 민형진 그 사람만 남았다.

“집에 안 가요?”

“같이 가자. 내가 데려다줄게. 근데 왜 그렇게 가방을 꼭 안고 있니? 내가 들어 줄 테니 나한테 줘.”

“아니에요. 괜찮아요. 내 가방은 소중하니까요.”

그는 자연스럽게 내 어깨에 팔을 올렸다.

갑자기 퍽 소리가 나며 민형진이 쓰러졌다.

“이 응큼한 자식아! 한수민은 내 여자친구야. 감히 어디다 손을 올려?”

그는 입가에 피를 닦으며 일어났다.

“수민아. 너 남친 있었니?”

“아… 네, 맞아요. 제 남친이에요. 동아리 방에서 봐요, 저는 갈게요.”

갑자기 미유엘이 내 손을 잡았다.

“가자, 한수민.”

나는 뒤돌아서 가며 좀 의아했다. 이렇게 다정하게 손을 잡고 가는 건 처음이리서.

순간이동으로 집 앞에 도착했다.

“이 손 이제 좀 놓을까요?”

“아…. 그래….”

“진짜 헷갈리게 하지 마요. 당신은 인간이 아니잖아요. 나한테 연인처럼 굴지 말아요.”

난 약간 짜증스럽게 손을 놓으며 말했다. 그냥 이 천사와 인간 사이에서 난 뭔지 모르게 방황하는 기분이었다.

그는 갑자기 나한테 가까이 다가오며 내 손을 잡고 자기 가슴에 내 손을 얹었다.

“한수민. 느껴 보거라. 내 차가운 심장이 언제부턴가 달라졌다. 내가 인간이라면…. 넌 나한테 마음을 열 수 있겠느냐?”

생각해 보니 그랬다. 보일러가 고장이 나서 그에게 안겼을 때도 품은 따뜻했지만 심장이 뛰는 건 느껴지지 않았었다. 그런데 지금은 뭔가 뛰는 게 느껴지는 것이다.

난 깜짝 놀라서 손을 떼었다. 그리고 뒤돌아서서 방으로 가려고 했다.

“또 날 피하는 것이냐? 다른 모든 면에서는 용감한 네가 왜 이럴 때는 너의 감정에 있어서 솔직하지 못한 것인지 모르겠구나.”

“나도 몰라요. 당신은 인간이 아니니까…. 선 넘지 말아요. 인간이었다면…. 그건 한 번도 생각해 본 적 없어요.”

난 가방을 열어 고이 간직하고 있던 돌을 꺼냈다.

“이거나 잘 지켜요. 우리가 해야 되는 게 뭔지 이것만 집중해요.”

난 그렇게 말하고 돌아서서 방으로 와 버렸다.

아 떨려라…. 그가 인간이라면 과연 난 어떻게 달라질까?

미유엘은 나에게 마음을 열 수 있냐는 말을 왜 한 것일까?

날 이성으로 여자로 생각하는 건가? 그럼 이상하게 꼬이는 건데. 천사와 인간이 어떻게 연애를 할 수가 있을까. 말도 안 되는 생각이었다.

에잇, 모르겠다. 난 그냥 잊어버리고 책을 꺼내어 읽다가 잠이 들었다.

11

"하…. 이거 지키느라 빨리 집에 오고 싶었는데 민형진이 안 놔줘서…. 그 사람이 이상하게 내 가방을 신경 쓰는 거 같았어요."

난 어제 일이 그냥 마음에 걸려서 그에게 아무렇지 않은 듯 이야기했다.

"그놈이 아무래도 그 돌의 에너지를 느낀 게 아닌가 싶다."

하루씩 번갈아 가며 돌을 지켰다. 미유엘은 가방을 따로 잘 들고 다니지 않았지만, 마법으로 몸 안에 숨길 수 있었다. 하지만 모델 일로 나보다 더 많은 사람을 만나니까 조심해야 했다. 그건 나도 마찬가지지만 난 친한 사람들과 주로 어울리기 때문이다.

봉사활동을 하러 또 동아리 방에 모였다. 학대를 당한 아이들 쉼터에 가서 봉사를 하기로 했다. 초등학생부터 고등학생까지 있었는데, 대부분 사춘기인 데다 아이들은 사람을 잘 믿지 않는 거 같았다. 우리는 점심과 간식을 세팅하고 나눠 주고 청소를 깨끗하게 했다. 그리고 아이들 한 명 한 명 누나처럼 언니처럼 이야기를 나누었다.

핸드폰만 바라보며 대답도 안 하는 아이가 많았지만, 그냥 자연스럽게 대화를 해 보려고 노력했다. 여자아이들 쉼터였는데 민형진은 인기폭발이었다. 말을 안 하던 아이들도 민형진이 다가가면 먼저 입을 열었다. 이럴 땐 참 잘생긴 얼굴이 도움이 되는구나 싶었다. 미유엘도 여기 오면 인기 많을 텐데 하는 생각도 들었다.

봉사활동이 끝나고 인사를 하고 나오는데 여자애들이 와서 민형진의 연락처를 물어보고 한바탕 소동이 있었다. 다음에 또 오기로 하고 잘 달래서 나왔다.

"오, 형진 오빠 인기 짱이네요? 오빠가 여기 계속 와야겠어요."

"그건 좀 힘들 거 같은데, 하하."

봉사활동을 마치고 각자 집으로 향하려는데, 민형진이 자기 집에 초대한다고 해서 모두 그 집으로 가기로 했다. 난 별로 내키지 않았지만 다들 간다고 하니 따라갔다. 여자 후배들은 들떠서 기분이 좋아 보였다.

민형진의 집은 으리으리했다. 부잣집 아들인가 보다. 잘생기고 부잣집 아들인 데다 매너도 좋아서 참 복도 많다고 느꼈다.

3층짜리 집인데 방이 6개나 있었고 인테리어도 고급스럽게 꾸몄다.

그의 부모님은 우리를 반갑게 맞아 주었다.

"우와, 이렇게 좋은 집엔 처음 와 봐요."

"정우 선배네보다 더 좋은데요?"

희영이와 여자 후배가 말했다. 우리는 모두 여자 셋, 남자 두 명이었다.

정우 선배는 오지 않았다. 봉사활동을 마치고는 바쁜 일이 있다며 먼저 간 것이다. 뭔가 약간 견제하는 거 같기도 했다. 라이벌 관계처럼.

형진은 2층에 있는 자기 방으로 우릴 안내했다. 옷과 신발이 각이 잡혀서 정리되어 있었다. 난 집 구경에 정신이 팔려 있었다. 우리 집도 좋은데, 여긴 더 좋구나 하고 말이다.

난 정우 선배의 방에 가방을 내려놓고 전 층을 다 구경했다. 테라스도 정말 좋았고 바깥에 정원도 너무 좋았다. 민형진의 아버지가 손에 꼽히는 건축사업을 한다고 들었다.

1층에는 우리를 위한 저녁상이 차려지고 있었고, 우리는 정말 산해진미를 다 맛볼 수 있었다. 못 먹어본 고급스러운 음식들이 아주 많아서 정말 허겁지겁 먹은 거 같다.

밥을 먹고 와인을 마시며 이야기를 나누다가 난 가방이 떠올라서 2층으로 올라갔다.

"나 선배한테 시집가면 안 돼요? 왜 집엔 초대 안 했어요? 우리 사귀는 거 맞아요?"

"그래. 담에 이야기하고, 다른 사람들 보니까 어서 내려가자."

"아잉, 선배! 나 좀 안아 줘요."

문이 살짝 열려 있는 틈으로 그들이 보였다. 여자 후배 미경이는 민형진을 끌어안았다.

"나중에. 우리 애기, 조금만 기다려. 우리 들키지 않기로 했잖아."

그들이 나오는 인기척에 난 이제 막 올라온 것처럼 말했다.

"음? 여기들 있었네? 내 가방 찾느라고 올라왔어."

"아, 선배님 가방 여기 있던데요."

후배 미경이가 내 가방을 찾아서 나에게 주었다.

"수민아, 와인 더 마시자. 좋은 거 많아."

"그래요. 먼저 내려가요. 난 온 김에 화장실 좀 들를게요."

이게 웬일이야. 둘이 사귀고 있었다. 나한테 딱 걸렸네. 근데 왜 비밀로 하는 걸까?

역시 민형진은 응큼하다. 그냥 나도 모르는 척하기로 했다. 난 가방을 들고 화장실에 들렀다가 내려갔다. 민형진이 좋은 와인을 더 꺼내고 맛있는 과일과 치즈와 스테이크가 준비되어 있었다. 난 좀 더 마시고 일어났다.

"난 먼저 갈게요."

민형진이 또 내 손을 잡고 가지 말고 더 놀다 가라고 했다.

난 이번에는 딱 잘라서 먼저 가겠다고 말하며 나왔다.

택시를 타고 집으로 향했다. 취기가 은근히 올라왔다. 가방을 열어 지갑을 찾는데 뭔가 허전했다. 헉! 돌이 사라졌다. 어디로 간 거지? 큰일 났다.

난 일단 집으로 갔다. 급하게 미유엘을 불렀다.

"미유엘! 큰일 났어요! 돌이 사라졌어요! 어떡하죠?"

난 안절부절 정신이 없었다.

"휴…. 어디 갔다 왔어? 너 그 민형진 집에 갔었구나? 그 자식이 네 손을 잡았을 때 내가 가려다가 그냥 너 방해될까 봐 안 갔다. 별일은 없었지?"

"지금 그게 문제가 아니라 돌이 없어졌다고요! 누구지? 누가 가져간 거지?"

"안 되겠다. 나랑 그 집에 다시 가자."

순간이동으로 민형진의 집에 갔다. 모두 밖으로 나와서 흩어지는 분위기였다.

"어? 수민아. 너 다시 왔어? 무슨 일이야? 미유 씨, 오랜만이에요."

희영이가 말했다. 난 한 명 한 명 꼼꼼히 전신을 스캔해 보았다.

빛이 보이지 았았다. 그러고 보니 한 명이 사라졌다.

"아, 하하…. 그냥 산책하다가 여기까지 왔지 뭐야. 근데 미경이는?"

"응, 먼저 갔나 봐."

"아, 그래? 미경이 집이 어디더라? 내가 뭐 좀 물어볼 게 있어서…. 급한 일인데…."

모두 모른다고 했다. 하…. 이걸 어쩐다….

일단 내일까지 기다려서 학교에서 찾아야겠다.

난 그날 밤에 잠이 오지 않았다. 내내 뒤척이다가 잠이 들어 꿈을 꾸었다.

"하하하, 드디어 내 것을 찾았다! 이제 보인다! 당장 가서 잡아 와라. 내 돌이 에너지가 더 커졌구나! 하하하."

"네! 알겠습니다!"

꿈을 꾸고 일어나니 새벽 5시 30분이었다. 난 마음이 급해서 미유엘의 방으로 갔다. 그리고 그를 마구 흔들어 깨웠다.

"이봐요! 미유엘! 어서 일어나 봐요!"

미유엘은 땀을 뻘뻘 흘리며 일어나지 못하고 있었다.

"어디 아파요? 병원 같이 가요."

"인간들의 의술로는… 안 된다…. 수민아… 내 몸을… 따뜻하게… 도와줘…."

그리고 그는 정신을 잃었다. 몸이 너무 차가웠다. 어디가 아픈 걸까? 나는 수건을 가져와서 일단 땀을 닦아 주고 보일러를 켰다. 날씨는 여름인데 왜 이렇게 몸이 차갑지? 난 두려웠다. 이러다가 갑자기 내 곁을 떠날까 봐….

“안 돼…. 미유엘…. 정신 차려 봐요!”

몸이 차가워서 난 더운 줄도 모르고 이불을 여러 개 다 꺼내 왔다. 그리고 미유엘과 나란히 이불을 여러 겹 덮고 누웠다. 체온을 올려야 한다는 생각에서였다. 그런데 이렇게 날씨가 더운데도 난 땀이 나지 않았다. 내 몸도 참 이상했다. 난 여러 개의 이불을 함께 덮고 난 미유엘을 안았다. 몸이 닿아야 체온이 더 오르겠지. 뜨거운 눈물이 흘렀다.

“미유엘…. 당신은 인간이 아니라서 병원에 데려갈 수도 없잖아요…. 어서 일어나요…. 날 두고 가면 안 돼요…. 흑흑….”

왜 그럴까. 돌이 없어지고 그는 이렇게 몸이 나빠진 걸까? 난 그렇게 미유엘을 끌어안고 울다가 잠이 들었다. 한참 자는데 이마에 뭔가 느껴졌다.

“한수민, 네가 날 살렸다. 고맙다….”

난 귓가에 속삭이는 소리를 들으며 눈을 떴다.

꿈결 같은 순간이었다. 햇볕이 따뜻하게 우리를 비추었다.

눈을 뜨니 그가 날 가까이서 바라보고 있었다.

난 새벽에 있었던 일이 기억났다. 그리고 놀라서 말했다.

“미유엘, 괜찮아요? 살았어요? 어디 아픈 데 없어요? 놀랐잖아요… 흑흑.”

내가 이렇게 말하며 일어나려고 하자 그는 차분하게 말했다.

"일단 누워서 좀 쉬어라…. 난 괜찮다."

난 진짜 아이처럼 막 울었다. 안도감에서 나오는 눈물이었다.

"흑흑, 몰라요! 날 떠나는 줄 알고 얼마나 걱정했는 줄 알아요? 정말 무서웠다고요…."

그는 내 눈물을 닦아 주었다. 그리고 내 이마에 입을 맞추었다.

"두려워 말아라. 난 내 임무가 끝나는 날까지 그 어떤 순간이 와도 널 지킨다. 날 많이 걱정했구나…. 하지만 마음이 아픈 건 내 임무가 끝나고 내가 사라지면 넌 날 기억에서 완전히 지우게 될 것이다. 전혀 알지 못했던 것처럼…."

"말도 안 돼요. 어떻게 기억이 지워져요? 이렇게 당신을 느낄 수 있는 생생한 기억이 살아 있는데…."

"그건 내가 벌을 받고 지구에 내려올 때부터 최고신이 설정해 두었던 것이라 고칠 수가 없다. 그분 말고는…. 내가 지금까지 수호했던 빛의 아이들 중에 네가 가장 나이로는 어리다. 하지만 넌 그 누구보다 지혜롭고 열정이 있어. 너의 영혼은 아주 오래전에 날 만난 적이 있을 것이다. 너의 영혼에서 내가 아주 오래전에 사랑했던 그녀의 향기가 느껴졌다…."

"잘 모르겠고 어려운 얘기네요…. 아무튼 난 잊지 않을 거예요. 내 기억은 사라지지 않는다고요."

오늘따라 가까이서 보는 그가 왜 이렇게 더 잘생겨 보이지? 마음이 이상했다. 그의 말이 왜 이렇게 슬플까. 기억에서 완전히 그를 지우게 된다니….

나의 영혼에서 풍기는 그녀의 향기는 뭘까?

그의 얘기로는 천사 수련을 하던 도중, 같이 수련하던 동기 중에 아리엘이라는 천사가 있었다고 한다.

둘은 서로 사랑하게 되었는데 그것이 최고신께 들키면 안 되는 일이라 남들 모르게 사랑을 키웠다고 한다. 아리엘은 늘 성적이 좋았지만 동기들보다 더 빠르게 크고 싶은 욕심 때문에 최고신의 보석을 훔쳤다고 한다. 그 벌로 천사 신분을 박탈당하고 인간 세상으로 보내졌다고 했다.

"천사의 신분을 박탈당하는 건 우리에게 정말 치욕스러운 일이었고 난 다시는 그녀를 볼 수 없게 되었다. 그 뒤로 난 많이 방황하게 되었다."

"아, 그렇군요…. 슬픈 사랑 이야기네요."

"그 돌을 지키면서 내 에너지를 빼앗겼다. 그것이 우리에게 있으면 괜찮지만 그 악마나 다른 인간의 손으로 넘어가게 되면서 난 힘을 잃어서 아팠던 것이다."

"그럼 그게 악마의 손에 들어가면 힘이 더 세진다는 말인가요?"

"응, 그렇게 되겠지. 그래도 네가 날 살려서 어느 정도 회복했다. 너의 눈물과 빛이 날 살렸다. 너한테는 빛의 치유 에너지가 아주 많이 있단다."

"아, 그렇군요…."

"최고신이 이 가장 큰 임무를 너와 내게 주신 것이다. 우리가 힘을 합쳐 그 악마 놈을 없애도록 하신 것이다. 마지막 한 가지가 더 필요한데 난 아직 그것을 찾지 못했다."

정말 신기한 이야기였다. 마지막 하나가 뭘까.

"난 네가 없으면 이제 안 될 거 같다…."

그의 깊은 눈이 애절하게 빛나고 있었다. 나는 그의 마음을 느낄 수 있었다.

그는 점점 나에게 다가왔다. 난 순간 그를 밀쳐냈다.

"날 지켜 준 은사로서 의지했던 것뿐이에요. 당신을 좋은 천사로 기억할 거예요."

"휴…. 아직도 내가 너의 마음을 얻지 못했구나…."

"어서 일어나요. 우린 그 돌을 찾는 데 집중해야 돼요. 미경이가 위험해요."

나는 지금 감상에 빠져 있을 때가 아니었다. 금방 정신을 차리고 냉정하게 말했다.

학교로 가서 미경이를 찾았다. 하지만 후배들에게 물어보니 학교에 오지 않았다고 한다. 서둘러 수소문을 해서 미경이의 집으로 갔다.

그곳에도 보이지 않았다.

"그 친구가 좋아하는 사람이나 갈 만한 곳 없어?"

미유엘의 말에 민형진이 생각나, 동아리 방으로 가서 기다렸지만 오지 않았다. 그래서 마지막으로 저녁쯤에 민형진의 집으로 가 보았다.

그의 집 앞에 와서 미유엘은 가만히 눈을 감았다.

"이 집에는 아직 없고 그녀가 이 집으로 오고 있어."

"아, 그래요? 그럼 우리 숨어서 지켜봐요."

우리는 근처 나무 뒤에 몸을 숨겼다. 미유엘이 초능력을 써서 우리를 안 보이도록 망토로 가리고 있었다.

조금 있다가 그녀가 나타났다. 그런데 완전히 다른 모습의 미경이었다.

운동화만 신고 다니던 아이가 뾰족구두를 신고, 짧은 치마를 입고, 화장도 안 하고 수수하게 다니던 아이가 화장도 진하게 하고 나타났다.

"어머, 쟤 좀 봐. 완전히 여우같이 변신했네."

"쉿, 조용히 해. 우리의 모습은 안 보여도 목소리는 들릴 수 있어."

그녀는 민형진의 집 벨을 마구 눌러 댔다. 뭔가 화가 난 거 같았다.

"야! 민형진! 문 열어!"

그런데 아무도 나오지 않자 갑자기 가방에서 우리가 찾던 돌을 꺼내더니 문을 내리쳤다. 대문이 부서지면서 열렸다.

"아니, 저게 진짜…. 읍!"

미유엘이 자신의 손으로 내 입을 막았다. 그리고 속삭였다.

"쉿. 한 번만 더 소리 내면 키스하겠다."

왜냐면 미영이가 순간 무슨 소리를 들었는지, 우리 쪽을 바라보았기 때문이다. 나는 깜짝 놀라서 내 입을 막았다.

문이 부서지자 그녀는 민형진의 집으로 들어갔다.

현관문도 그 돌로 부수고 또 들어갔다.

우리는 투명한 모습을 하고 따라 들어갔다.

"이 인간이 도대체 뭐 하는 거야? 야! 민형진! 너 집에 있는 거 다 알아!"

이건 또 무슨 광경인가. 민형진의 방에 가까이 가니 여자 목소리가 들려왔다.

"아이, 오빠네 부모님 오시면 어쩌려고 이래요? 이러지 마요, 호호."

"여행 가셔서 내일 오실 거야. 우리 이쁜이 걱정 마. 가만히 좀 있어 봐."

헐, 진짜 저 인간쓰레기 맞구나. 역시 내 예감이 틀리지 않았다.

미영이는 얼마나 화가 날까? 충분히 이해했다.

"야! 너 이게 무슨 개수작이야! 이 나쁜 놈아!"

미경이는 얼마나 화가 나는지 문을 벌컥 열고 소리를 지르며 들어갔다. 둘은 침대에서 서로 옷을 벗기고 있었다.

"넌 누구야! 내 남자랑 뭐 하는 거야!"

그녀는 진짜 성격이 폭발했다. 미경이를 몇 년 동안 봤지만 저런 모습은 처음이었다. 그리고 물건을 마구 집어던지기 시작했다.

"미, 미경아. 네가 여길 어떻게… 들어온 거야?"

"내가 이 오빠 여친인데? 넌 누군데?"

미경이는 그 여자의 말을 듣고는 머리채를 잡고 바닥으로 패대기를 쳤다. 그녀의 눈은 이미 이 세상 느낌이 아니었다. 광기가 서려 있었다. 민형진도 당해낼 수 없을 만큼 그녀는 힘이 엄청나게 강했다.

"미경아. 뭔가… 오… 오해가 있나 본데…. 제발 진정 좀 해 봐."

"내 눈으로 너희 둘이 이러고 있는 걸 봤는데 오해라고!!"

난 미유엘에게 말려야 한다고 눈빛으로 신호를 보냈다.

"1층으로 내려가자."

그런데 말리려면 우리 둘 다 1층에서 올라오는 척을 해야 한다.

우리가 내려가려는 순간 미경이가 갑자기 방에 있던 공업용 커터 칼을 들었다.

"감히 네가 날 배신해? 민형진! 죽어!"

미유엘이 나를 밖으로 밀고 그는 얼른 들어와서 모습을 보이며 그녀를 막아섰다. 그는 그녀의 칼을 휘두르는 팔을 잡고는 세게 밀어 버렸다.

나도 계단에서 올라오는 척하며 들어왔다.

"지금 이게 무슨 일이야? 민형진 오빠, 이 장면 설명 좀 해 보시죠?"

"아니, 어떻게 알고 온 거야?"

“대문이랑 현관문이 열려 있어서 들어왔어요. 왜요?”

미경이는 바닥으로 밀려나면서 기절한 듯 보였다. 민형진과 바람피우던 그 여자를 먼저 보내고 민형진은 1층으로 먼저 내려갔다.

미유엘은 기절한 미경의 가방에서 돌을 꺼내려고 그녀의 가방을 열고 돌을 잡았다. 그 순간, 순식간에 그녀가 깨어나서 칼을 꺼냈다. 내가 그 장면을 봐서 난 미유엘이 위험할 거 같아 얼른 가서 막았다.

이런 오지랖…. 아…. 그녀의 칼이 내 등을 찔렀다. 칼이 등에 박힌 채 나는 쓰러졌다.

“한수민! 내가 널 지켜야 하는데 왜 네가 날 자꾸 지키려고 하느냐….”

나는 미유엘 대신에 칼을 맞고 누웠고 미유엘은 그녀에게서 칼을 빼앗았다. 그녀에게 악마의 힘이 깃든 것이 틀림없다. 눈빛도 이상했고 눈이 까맣게 변했다.

미유엘이 가장 화나면 변하는 빨강 눈동자가 되었다. 그녀를 들어 올려서 던지려고 했다. 피를 흘리고 너무 아픈 나는 누워서 그 장면을 보고 그를 말렸다.

“안 돼요, 미유엘…. 하지 마… 내 후배… 미경이에요….”

미유엘이 그녀를 놓아주었는데, 그녀는 정말 황당한 행동을 했다.

가방에서 돌을 꺼내더니 꿀꺽 삼켜 버렸다.

큰 계란 크기여서 삼켜지지 않을 텐데…. 저건 분명히 미경이가 아닌 거 같았다.

“미경아….”

난 그대로 정신을 잃었다.

잠을 자고 일어난 듯했지만 아픔이 밀려왔다.

난 엎어져서 누워 있었다. 등에 상처가 있어서 눕게 했던 것이다.

눈을 떠서 제일 먼저 본 건 희영이었다.

"여기 어디야….."

"휴, 어디긴…. 너 큰일 날 뻔했잖아. 병원이야. 형진 오빠가 119에 신고해서 병원으로 왔다던데…. 수술을 크게 했어. 칼이 깊이 박혀 있었대…. 갈비뼈 관통하고 간을 살짝 스쳤대. 그나마 다행이긴 한데, 그래도 상처가 깊어서…."

희영이가 걱정스러운 얼굴로 이야기를 했다.

"미유엘은…. 어디 있어?"

"나 여기 있어. 수민아."

"미경이는?"

"넌 지금 미경이가 궁금해? 걔가 널 찔렀다면서. 으휴, 나쁜 기집애. 속상하다, 정말…. 나 시골에서 부모님 오신다고 해서 먼저 갈게. 또 올게."

희영이가 안타까운 듯이 말하며 나갔다.

일이 많이 꼬여 버린 거 같았다. 나 빨리 일어나야 하는데.

"너 왜 그랬어, 바보야! 넌 아무것도 하지 말라니까. 내가 아무리 천사여도 너처럼 천방지축 오리지널 빛의 아이는 처음이야. 너 자신을 위해 살아. 제발. 그래야 내가 널 떠나도 걱정이 안 되지…."

"히히, 그런 소리 말아요. 당신이 계속 나 지켜 주고 당신이 내가 다치면 또 치료해 주면 되잖아요. 아…. 근데 너무 아파요. 진통제 좀…."

미유엘이 간호사를 부르고 난 진통제를 더 맞았다.

"웃음이 나와? 사람들이 네가 다친 걸 너무 다 알아 버려서 내가 너를 데려갈 수 없어서 치료할 수가 없었다."

사람들이 왔다 가고 난 다음 날, 퇴원 수속을 밟고 집으로 왔다.

병원에서는 지금 퇴원하면 아직 위험하다고 난리들이었다. 앞으로 2달 정도 더 병원에 있어야 한다고 했는데 그럴 시간이 없었다.

하지만 난 믿는 구석이 있었기 때문에 과감하게 미유엘을 따라 집으로 왔다.

반듯이 눕지 못하는 게 너무 불편했다.

"미경이가 돌을 삼켜 버렸는데 어떻게 되는 거예요?"

"악마 놈이 그 여자아이를 자신의 부하로 삼은 거 같다. 이미 조종당하고 있었어. 민형진에 대한 집착 때문에 그 아이는 악마의 늪에서 나오질 못할 것이다. 결국은 그 아이의 영혼을 먹게 되겠지. 돌이 그 아이의 몸에 있으니, 악마는 당분간 그 아이를 조종하며 자기 힘을 쓰지 않을 거다. 무슨 일이 생겨도 그 아이 탓이 돼 버릴 거야."

"불쌍하네요…. 난 왜 그 아이를 놓지 못했을까요? 당신이 그 아이를 공격하려고 할 때 말이에요…."

"잘했다. 네가 말리지 않았으면 그 아이를 죽였을지도 모른다. 난 그런 일을 하면 또 벌을 받게 되는 거니까. 자, 이제 널 치료하는 의식을 할 테니 말은 그만하거라."

"네. 꼼꼼하게 다 아물게 치료해 줘요."

3일에 걸쳐 미유엘은 온 힘을 다해 자신의 에너지로 나를 치료해 주었다.

그가 치료하는 장면은 정말 신기했다. 그는 자신의 두 손을 맞대고 손에서 무슨 전기 같은 스파크가 나오더니, 그가 내 몸에 손을 대면 그 전기 같은 불빛이 내 몸으로 찌릿하며 흐르는 것을 느꼈다. 그런데 아프지 않고 오히려 편안해서 잠이 스르르 들었다.

나는 말끔히 낫게 되었다. 그는 좀 지쳐 보였다.

"고마워요. 이제 아픈 곳이 없어요. 당신은 정말 멋진 천사예요."

난 기분이 좋아서 엄지손가락을 내밀며 말했다.

"근데 너무 에너지를 많이 쓴 거 아니에요? 많이 지쳐 보여요…. 괜찮아요?"

"3일만 쉬면 괜찮아질 거야. 조금 더 빨리 에너지를 얻는 방법이 있는데…."

"그래요? 그게 뭔데요? 말해 봐요. 내가 도와줄게요."

음, 그는 조금 망설이는 것처럼 보였다.

"진짜 도와줄 수 있겠어? 약속해."

"네. 약속할게요. 당신이 날 말끔히 낫도록 치료해 주었는데, 나도 보답해야죠. 내가 할 수 있는 거죠?"

갑자기 TV 드라마에서 남녀가 키스하는 장면이 나왔다.

나는 민망해서 리모컨으로 채널을 돌리려고 했다.

"바로 저것이다. 내 에너지를 살리는 방법이. 네가 나에게 에너지를 주는 방법이다."

"음…. 그냥 안아 주는 걸로 할게요. 그것도 가능하잖아요."

"그것은 3일 동안 서로 안고 있어야 받을 수 있는 것이고, 즉각적으로 받는 방법은 키스하는 것이다."

"아…. 그래요…. 약속했으니…."

왜 이렇게 떨리지…. 남자와 키스는 처음이었다.

아냐. 남자가 아니라 천사니까. 날 살려 준 생명의 은사니까 해야지.

"좋아요. 에너지 줄게요."

눈을 감고 나는 그에게 다가가서 입을 맞추었다.

그렇게 그와 나는 첫 키스를 했다. 뭔가 희망과 용기가 샘솟는 기분이었다.

심장이 두근두근. 숨소리가 거칠어졌다.

순간 내 머릿속을 스치는 장면이 있었다. 내 모습의 나와 그가 키스를 하며 안고 사랑을 나누는 장면. 근데 옷이 아주 옛날 같았고 난 그 모습을 보고 그때의 감정을 느꼈는데, 뭔가 감동적이고 벅차는 감정이 올라왔다.

에너지 키스를 마치고 미유엘은 눈이 동그래져서 날 보며 말했다.

"한수민. 네가…. 혹시 환생한 아리엘인 것이냐?"

"그런데 난 기억이 나지 않아요. 당신과 키스할 때 방금 그 장면을 처음 봤어요. 그때의 모습이 떠오르며 이상한 감정이 느껴졌어요."

난 인정하고 싶지 않았다. 단지 그 장면을 본 것만으로 내가 아주 먼 옛날에 그와 사랑하는 사이였다니. 나도 초월적이고 판타스틱한 옛날 얘기를 좋아하긴 했지만, 내가 그럴 리가 없다고 생각했다. 더군다나 내가 욕심을 부려서 벌을 받고 인간 세계로 내려와서 환생을 했다니. 내가 본 장면을 미유엘도 봤기에 물어본 것이다.

"아닌 거 같아요. 내게 떠오른 건 단지 그 장면뿐이에요. 난 아리엘이 아닐 거예요."

"네가 아리엘이 아니더라도 난 너를 사랑하게 되었다."

"천사는 원래 인간을 사랑해요. 사랑이 넘치는 존재가 천사잖아요?"

"그런 감정이 아니다. 인간들이 느끼는 이성 간의 사랑의 감정인 거 같다."

"인간과 천사는 사랑을 할 수 없어요. 그냥 보호자 같은 존재일 뿐이죠."

아무튼 그는 나와 키스를 하고 에너지를 회복했다.

난 그가 활기를 찾은 모습을 보고 기뻤다. 난 뭐가 두려워서 그에게 자꾸 차가운 말을 하는 것일까? 여름이라 날씨가 몹시 뜨거웠다.

결국 일이 터지고 말았다. 미경이는 민형진과 바람피운 여자까지 죽인 것이다. 뉴스에서 시끄럽게 떠들어 댔다. 뉴스에는 바람피운 남자친구에게 화가 나서 우발적으로 흉기를 휘둘렀다고 나왔다. 아마도 민형진이 또 바람을 피운 모양이다. 하긴, 미경이의 미쳐 날뛰는 모습을 보았으니 정이 떨어질 만도 하다.

희영이가 어느 날 전화해서 나한테 물었다.

"수민아. 나 병원 갔었는데 너 왜 이렇게 퇴원을 빨리 한 거야? 정말 괜찮은 거야?"

"응, 괜찮아. 생각보다 빨리 나았어. 미유엘이 간호를 극진히 해 줘서…. 하하."

"신기하다. 네 남친 정말 좋은 사람인 거 같아. 놓치지 마, 절대로. 그리고 참, 미경이 걔는 완전히 정신이 나갔나 봐. 어쩌다 그렇게 된 거야? 둘이 언제 사귄 거래?"

"나도 잘 몰라. 민형진 그 사람 바람둥이 같더라…."

난 희영이에게도 그가 천사라는 사실을 이야기하지 않았다.

믿지도 않을 테니까. 이제 영혼을 또 먹었으니 악마는 곧 부활하겠구나.

돌이 미경의 몸속에 있으니 꺼낼 수가 없었다. 그거라도 있으면 악마를 막을 텐데. 아무런 방법이 생각나지 않았다. 난 돌이 없어도 꿈을 통해 그의 계획을 보았다.

'그 아이를 먹어야겠다. 그 아이에게 내 스톤도 있으니 일석이조 아니겠느냐, 음하하하….'

그녀는 경찰서에 살인죄로 구속 수사를 받고 있었다.

"미유엘. 이제 악마가 부활하는 걸 그냥 지켜볼 수밖에 없는 거예요?"

"그전엔 잡으려고 해도 신출귀몰해서 도대체 찾을 수가 없더니. 감옥에 갇혀서 드디어 꼼짝 못 하는 신세가 되었구나. 배 속에 있었으니 대변으로 나왔을 텐데, 분명히 가지고 있을 것이다."

"꿈에 봤어요. 악마가 찾아갈 거예요. 그전에 당신이 먼저 가야 해요."

그날 밤 미유엘은 투명 망토를 쓰고 경찰서 유치장을 찾아갔다.

나는 미유엘이 돌아올 때까지 조용히 기도를 하며 기다리고 있었다.

"우리 미유엘 님, 아무 문제 없이 돌아오게 도와주세요."

미유엘이 새벽쯤에 돌아왔는데 많이 지쳐 보였다.

"어머 미유엘, 돌아왔군요. 걱정 많이 했어요."

"자, 여기…. 돌을 가져왔다…."

그리고 그는 바로 쓰러졌다. 악마와 전투를 벌인 것일까.

난 그를 밤새 간호하고 에너지를 주기 위해 부둥켜안고 같이 잠을 잤다.

결국 돌을 가져온 것을 보면 악마를 이긴 것이겠지?

12

다행이었다. 소문으로 듣기엔 미경이가 정신을 차렸다고 한다.

그래서 자신의 죄를 아주 많이 뉘우치고 있다고 들었다.

난 미유엘과 3일 동안 같이 자며 그를 간호했다.

"수민아. 내 곁에만 있어 줘…. 난 널 끝까지 지킬 거다. 내가 한낱 먼지로 변하는 일이 있더라도…. 네가 날 기억하지 못하더라도…."

꿈속에서 아직 헤매는 미유엘. 잠꼬대처럼 하는 이 말을 들으니 마음이 아파서 눈물이 나왔다.

"내가 뭐라고 당신은 이런 말을 하는 거예요? 사라지지 말아요."

"그건 나중에 알게 될 거야…."

3일 후에 그가 일어났다. 우리의 운명은 무엇인가.

맨날 다치고 쓰러지고 서로 에너지를 주며 이 얼마나 피곤한 인생인가.

난 궁금한 것이 많았다.

“어떻게 한 거예요? 악마를 완전히 짓밟은 거 맞죠? 그랬으니 이 돌을 가져온 거죠?”

“그럼~ 내가 다 해결했다. 너의 그 후배도 살아났잖니.”

“근데 악마가 힘이 세진 거 같아요. 까마귀가 울어 대고 뭔가 심상치가 않아요.”

‘까악, 까악.’

나는 동물을 사랑하지만 까마귀가 우는 건 좋아하지 않았다.

그래서 막 나가서 쫓아 버렸다.

“그래. 그는 이제 곧 부활할 거다. 하지만 너무 걱정 마. 우리가 돌을 가지고 있잖아. 녀석은 아직 힘이 부족해.”

“근데 뭔가 왜 이렇게 불안하죠? 물론 당신이 있으니 난 걱정이 없지만요….”

그는 나를 다독였다. 아무 일 없을 거라고 말이다.

“수민아. 발 마사지해 줄게. 천사의 손길을 느껴 보거라, 하하.”

“왜 갑자기 안 하던 짓을 해요? 이상하게….”

“네가 날 또 살려 줬잖아. 이 천사님이 은혜를 갚는다고 해 두자.”

그는 세숫대야에 따뜻한 물을 담아 와서 향이 아주 좋은 허브 오일을 넣고 내 발을 씻어 주고 마사지를 해 주었다.

“어머나, 내가 호강하네. 미유엘 천사 덕분에. 아이고, 좋으다.”

갑자기 또 머릿속에 장면이 떠올랐다. 아주 오래전의 내 모습 같은데 지금과 같이 그가 나의 발을 씻어 주고 마사지를 해 주는 모습이었다. 그들이 대화하는 목소리도 들렸다.

“아리엘. 시원하지? 내가 자주 이렇게 해 줄게, 내 사랑.”

“호호, 난 정말 행복한 천사예요. 미유엘 당신 때문에. 당신은 나의 전부예요.”

현실로 돌아왔다. 지금 이것은 그때랑 똑같은 장면이었다.

“미유엘. 그만해요. 당신은 내가 그 아리엘이라 생각하고 나한테 이러는 거예요? 난 한수민이라고요. 당신은 나에게서 자꾸 아리엘을 찾는군요.”

뭔가 기분이 나쁘고 질투심도 느꼈다. 난 도대체 뭘 원하는 것일까.

“네가 그렇게 느낀다면 미안하구나.”

그는 내 발을 닦아 주고는 밖으로 나가 버렸다.

그 뒤로 그는 조금씩 달라졌다.

“이제부터 너에게 자유를 주겠다. 나 신경 쓰지 말고 마음대로 하거라.”

“정말요? 진짜? 정말이죠? 호호. 아싸!”

내 삶의 모든 부분에서 미유엘의 지긋지긋한 참견에 난 힘들었다. 그래서 그의 말이 너무나 반갑게 들렸다.

하지만 좀 이상하기도 했다. 뭔가 허전한 거 같기도 했다. 그리고 그는 그 말을 하고부터 나에게 관심을 두지 않는 듯 보였다. 같이 지내긴 했지만 마주칠 일이 별로 없었다.

그만큼 그와 나의 관계가 적막함이 흘렀다.

나는 희영이와 피서를 가기로 했다. 희영이 남자친구는 사정이 생겨서 따라오지 못하고, 오랜만에 여자들끼리 오붓하게 놀러 가기로 했다.

거실에서 차를 마시며 책을 보고 있는 미유엘에게 나는 말했다.

“미유엘. 나 내일 바다에 가요. 희영이랑 피서 가려고요. 부산으로.”

“그래? 잘 다녀와.”

그는 이렇게 말하고 방으로 들어갔다. 찬바람이 쌩쌩 불었다.

사람 심리가 참 그렇다. 갑자기 너무 무관심해지니까 난 이상하고 화가 났다.

그래서 그의 방문을 똑똑 두드리고 문을 벌컥 열었다.

“이봐요!”

난 문을 열고 깜짝 놀랐다. 그가 속옷만 입고 옷을 갈아입으려고 하고 있었다.

“악! 미안해요.”

나는 얼른 문을 다시 닫고 내려왔다. 에너지 교환을 하면서 안고 있을 때 그의 몸 근육이 느껴지긴 했지만 이렇게 적나라하게 본 건 처음이었다.

‘심장이 왜 이렇게 두근거리지?’

내가 문을 닫고 내려가려고 하자 그가 순식간에 내 앞으로 가까이 왔다.

“왜? 무슨 일이냐? 불렀으면 말을 해 봐.”

“아, 아니에요…. 그 돌 잘 지키라고요…. 그리고 저기, 옷 좀… 입고 말해요.”

난 얼굴이 화끈거려서 그의 눈을 마주치지 못했다.

그리고 그냥 도망치듯이 내 방으로 갔다.

13

“우와, 바다다! 여름엔 역시 바다지! 우린 오늘 둘 다 자유다.”

우리는 부산 바다로 여행을 갔다. 사람들이 엄청 많았다.

전국에 있는 사람들이 다 모인 것처럼 인파가 넘쳐흘렀다.

난 계속 미유엘이 신경 쓰였지만, 뭔가 자유를 얻었으니 그냥 마음 놓고 놀고 싶었다.

우린 수영복을 입고 바다로 뛰어들었다. 나는 수영을 배워서 튜브가 필요 없었지만 희영이는 튜브를 타고 놀았다.

“같이 놀래요? 우리도 두 명인데….”

어떤 남자가 와서 말을 걸었다.

우린 그들과 같이 물놀이를 같이 했다. 바다에서 나오니 태양이 너무 뜨거웠다.

“희영아. 우리 그만 들어가자. 너무 뜨겁다.”

“저희 텐트로 가시죠. 거긴 시원해요.”

희영이가 먼저 따라가니 나도 같이 따라갔다.

우린 텐트가 없었는데 그쪽은 텐트도 있고 준비를 많이 한 거 같았다. 그리고 그들은 시원한 캔맥주를 아이스박스에서 꺼내서 우리에게 주었다.

"아뇨. 저는 술 안 마실래요."

날씨 더운 데다 술까지 마시면 열이 오르고 더 힘들 거 같아서였다.

희영이와 그들은 캔맥주를 짠 부딪치며 맛있게 분위기를 즐겼다.

난 바닷물이 찝찝해서 들어가고 싶어서 먼저 일어났다.

우리 숙소는 바닷가와 가까운 호텔이었다.

"희영아. 난 좀 가서 씻을게. 몸이 너무 찝찝해서 말이야."

"그래. 나도 같이 가자."

우리는 일어나서 숙소로 들어갔다.

"수민아. 아까 그 남자들 멋지지 않니? 몸도 좋고 매너도 좋고…."

희영이는 한껏 들떠서 말했다.

"야. 민석 씨는 어쩌고 그런 말을 하니?"

"뭐 어때? 지금 여기 없는데. 호호~"

샤워를 하고 나오니 희영이가 애교 섞인 목소리로 민석 씨랑 통화하고 있었다.

"알았또. 자기야. 나 보고 싶어도 참아. 내일 봐. 재밌게 놀다 갈게."

희영이가 전화를 끊고 난 듣고 있다가 막 웃었다.

"에휴, 기집애. 아주 깨가 쏟아지네."

"음. 넌 미유 씨랑 통화 안 해? 그때 보니까 널 끔찍하게 생각하던데."

"모르겠어. 나도. 그냥 아무 생각 안 할래."

나와 희영이는 숙소에서 좀 쉬다가 저녁 무렵 다시 바닷가로 나왔다.

우리 둘은 도란도란 이야기를 하며 해변을 거닐었다.

“우리 저기서 맥주 한잔 할까?”

어차피 곧 잠잘 시간이라 나도 승낙했다.

가게에 들어가서 주문을 하려고 메뉴판을 보고 있었다.

“실례합니다. 저기 남자 두 분께서 이거 드시라고 보내셨습니다.”

그들은 우리에게 하이볼 두 잔을 주문해 주었다.

“어머, 아까 우리랑 같이 놀았던 사람들이네.”

“그러게… 괜찮은데. 저 사람들 중에 한 명이 눈이 너무 음흉해서 싫어.”

그들은 우리를 보며 윙크를 날렸다. 그리고 조금 있다가 자기네 술잔을 들고 우리 테이블로 왔다.

“우리 같이 합석하는 거 어때요?”

희영이는 내 눈치를 보고 있었다.

“죄송한데 저희는….”

“아휴 뭐…. 하이볼도 사 주셨는데 그래요. 같이 합석해요.”

희영이가 승낙을 해 버렸다. 나는 희영이를 흘겨보았다.

우리는 그들과 합석해서 술을 마셨다. 난 절제의 화신이었지만 그날은 그냥 자유를 느끼고 싶어서 술을 많이 마시게 되었다.

둘 중에 한 명은 왠지 눈빛이 마음에 안 들었다. 그는 희영이 옆에 앉았고 내 옆은 나머지 한 명이 앉았다. 내가 그 음흉한 눈을 볼 때마다 그는 왠지 내 눈을 피했다.

우린 그날 술에 너무 취했다. 난 그래도 별로 안 먹었는데 취기가 많이 올라왔다. 희영이는 어느새 테이블에서 잠이 들었다.

"여기 술집 왜 이래… 왜 이렇게 졸려…. 희영아, 일어나. 일어나…."

그 뒤로 기억이 안 난다. 잠을 자다가 문득 뭔가 이상한 느낌에 잠에서 깼다. 눈을 떠 보니 침대에 누워 있었다.

"아. 내가 희영이랑 숙소로 왔나…. 응? 아니, 여기 우리 숙소가 아니네…. 희영아…."

난 희영이가 안 보여서 불렀다. 일어나서 거실로 가 보니 놀라운 광경이 벌어졌다. 희영이가 밧줄에 꽁꽁 묶여서 누워 있었다. 그리고 죽은 듯이 누워 있었다.

내가 풀어 주려고 하자 어디선가 목소리가 들려왔다.

"하하하, 이걸 어쩌나…. 친구가 묶여 있네…."

"야, 너 누구야! 이 목소리는…."

"하하, 나야 나. 네 친구를 어떻게 구할 테냐? 그는 독약을 먹은 상태다…."

"희영아, 일어나! 일어나 봐!"

내가 아무리 깨워도 일어나지 않았다.

"빨리 해독약을 먹어야 할 텐데…. 어서 내 스톤을 넘겨라."

"아까 그놈들 중에 한 놈이 악마 네 놈이었구나. 눈깔이 이상하다 싶더니. 나한테 그게 없는데 어쩌라고 이러셔? 내 앞에 나타나 봐, 숨지 말고! 인간의 영혼은 많이 먹었는데 스톤이 없어서 힘이 없지? 이걸 어째…. 호호호~"

"지금 네가 그럴 때가 아닐 텐데…. 네 친구는 죽어 가고 있다."

그런데 그때, 희영이는 기침을 하며 피를 토하고 있었다.

"수민아… 살려 줘….”

희영이의 모습을 보고 난 마음이 급해졌다.

이럴 땐 어떻게 해야 하지….

난 마음속으로 미유엘을 불렀다. 지금 생각나는 건 미유엘뿐이었다.

‘미유엘. 도와줘요.’

어느새 그가 내 옆에 와 있었다.

"이건 또 무슨 상황이지? 데브엘, 네가 또 꾸민 짓이냐?”

"오, 이런…. 반가운 나의 친구. 어서 내 스톤을 내놔. 안 그럼 저 여자는 죽어.”

"미유엘. 어떡하죠? 저놈이 얼굴도 안 보이고 숨어서 왜 저래요?”

"스톤이 없으니 힘이 없어서 널 상대할 수 없어서 그런 거야.”

"희영이 살려야 해요. 제발요…. 아, 당신이 치료해 줄 수 있잖아요.”

"수민아. 나 좀 풀어 줘… 살려줘….”

나는 희영이의 말에 일단 먼저 뛰어가서 희영이를 풀어 주려고 했다. 그때 미유엘이 날 막아섰다.

"잠깐. 네 친구가 아니야. 이건 트릭이야.”

"캬, 역시 미유엘은 똑똑해. 내가 잘 숨어 있었는데 말이지.”

어느새 악마가 희영이의 몸속에 들어가서 말을 했다.

"희영아. 어서 풀어 줘….”

악마는 희영이 목소리를 냈다가 자기 목소리를 냈다가 혼란스럽게 했다.

상황이 훨씬 어려워진 거 같았다.

"저놈이 인간 몸에 들어가면 수민이 너도 해칠 수도 있어. 전에도 너의 친구에게 들어가서 널 해친 적이 있었지. 인간의 몸이 너의 빛의 에너지를 방어해 줄 테니까.”

희영이, 아니 악마는 밧줄을 풀고 일어났다.

“어서 내 스톤을 내놔라. 안 그럼 이 여자는 죽는다.”

악마가 나한테 가까이 다가왔다. 그리고 코를 킁킁대며 냄새를 맡는 거 같았다.

“엇? 이건…. 미유엘, 이건 아리엘의 향기 아니냐?”

희영이의 몸에 들어간 악마는 내 옆에 가까이 다가왔다.

두꺼운 갑옷을 입고 나타난 장군 같았다.

“이런. 환생했구나…. 네가 그토록 사랑했던 아리엘이…. 눈물겹다, 미유엘. 크크크….”

“난 한수민이야. 아리엘 아니라고!”

“너희가 수많은 시간을 거쳐 다시 만났으니 기억이 하나하나 떠오를 텐데?”

“아니야, 아니야! 어서 내 친구 몸에서 나오기나 해!”

“싫은데? 내가 왜 나가야 하지? 난 아주 편안하다.”

하는 수 없이 그 돌을 줘야 하는 건가? 그 방법밖에 없는 것일까? 나 혼자 살자고 미유엘과 갈 수도 없었다.

“한수민. 그냥 우린 가자. 네 친구는 할 수 없지만….”

“그게 무슨 소리예요! 그럼 희영이를 두고 우리만 살자고요?”

“난 널 지켜야 해. 제발, 수민아….”

미유엘은 나에게 애원을 했다. 나도 그 이유를 알았다.

악마는 돌이 없어서 힘이 떨어졌더라도 인간의 영혼을 먹어서 에너지를 다 채웠고, 희영이라는 갑옷을 입었으니 날 공격할 수 있어서였다.

그리고 난 정말 미유엘이 사랑했던 아리엘일까. 악마도 이렇게 이야기를 하는 걸 보면….

난 희영이에게서 악마를 빼내야 한다는 생각에 그에게 돌진했다.

그러자 미유엘이 날 또 막아섰다.

"넌 아무것도 하지 마. 내가 갈게. 하지만 희영이가 다칠 수 있다는 건 알아 둬."

미유엘이 희영이에게 다가갔다. 악마는 어느새 손에 쇠사슬을 들고 있었다. 둘의 격투가 시작되었다. 미유엘은 검을 빼 들고 이리저리 날아다니며 공격을 했다.

미유엘의 칼이 악마의 팔을 베었다. 희영이의 팔에 피가 뚝뚝 떨어졌다. 악마는 피가 나는 것을 보고 좀 당황하는 거 같았지만, 다시 일어났다.

악마의 쇠사슬이 미유엘의 발목을 묶었다. 한 번 넘어졌지만 다시 날아올라서 사슬을 풀고 나왔다. 미유엘이 또 검을 휘둘러서 악마의 다리를 베었다.

"그만해요…! 내 친구 희영이 몸이에요…."

미유엘은 공격을 멈췄다. 악마는 힘이 부족해 보였다.

난 더 이상 볼 수가 없었다. 피가 나는 건 희영이 몸이었으니까.

"희영아! 너 거기 있지? 그건 네 몸이야. 악마에게 뺏기지 마!"

내 목소리를 들었는지 희영이가 머리가 아프다며 머리를 두 손으로 부여잡고 바닥에 털썩 앉았다.

“아, 머리 아파! 온몸이 아파…. 수민아… 어서 가!”

“어떻게 널 두고 가, 희영아….”

“그냥 가! 내가 어떻게든 버텨 볼게….”

잠시 희영이가 돌아와서 말을 했다. 나는 눈물이 핑 돌았다.

내 모습을 보고 미유엘은 나에게 와서 나를 안고 그대로 순간이동해서 집으로 왔다.

집에 와서 난 소파에 바닥에 주저앉아서 멍하게 있었다.

진짜 아무것도 할 수가 없는 나 자신이 미울 정도였다.

“자책하지 마. 넌 최선을 다한 거야. 그놈은 아직 희영이를 어떻게 하진 못할 거야. 스톤이 없으니 두려울 거거든.”

“희영이가 많이 다쳤는데 괜찮을까요? 공격도 못 하겠고, 정말 못된 악마 같으니.”

“악마는 수단과 방법을 가리지 않고 자기가 원하는 걸 가지려고 하니까. 희영이는 괜찮을 거야. 인간의 몸이 우리에게서 자신을 지키는 방어막이라서. 우리가 어찌할 수 없게 희영이의 몸에 들어간 거지. 오늘은 좀 쉬어.”

“미안해요. 당신에게서 자유를 얻은 지 얼마 되지도 않아서 또 이렇게 됐네요.”

“네가 놀러 간다고 했을 때 많이 불안했지만 보낼 수밖에…. 난 네가 뭐 하는지 다 보고 있었다. 너와 난 연결이 강해져서 난 너를 볼 수가 있어. 한마디로 넌 날 벗어나지 못한다. 이제 자유는 없다.”

“나한테 무슨 카메라 같은 거 달아 놓은 거 아니고도 날 다 본다고요?”

“응. 우린 에너지 교환을 했던 사이라서 훤히 들여다볼 수 있다. 그리고 네가 부르는 소리도 이제 더 잘 들린다.”

다시 또 그의 굴레 안으로 돌아온 느낌이었다. 그런데 왜 난 그게 이제 당연한 거 같은지 모르겠다. 익숙해져서 그런가? 오히려 벗어나면 나도 불안하니까 그런지도 모른다.

민석 씨는 희영이가 연락이 없다고, 소식 들은 거 없냐고 물어봤지만 난 뭐라고 대답할 수가 없었다. 말해도 믿지도 않을 거고 모르는 게 더 나으니깐 말이다.

우리는 돌을 잘 지켰다. 이것만은 절대 뺏길 수 없었다.

“희영이 잘 있는지 말해 줘요.”

미유엘은 가만히 눈을 감고 있더니 다시 눈을 뜨고 말했다.

“잘 있다. 아직 무사해. 하지만 또 다른 사람의 몸을 빌려 다닐 수도 있어. 잘 판단해야 돼.”

돌의 힘 때문에 악마가 무슨 짓을 하는지 느끼기도 했고 꿈으로도 보았지만 별다른 건 없었다. 아직 희영이가 무사하니 다행이었다.

14

조용히 무탈하게 지내는 시간이 흘렀다. 2학기 개강이 다가왔다.

편의점에 들러 음료수를 고르고 있는데 어떤 여자아이가 안으로 들어오는 모습을 보았다. 난 물건을 들고 계산을 하러 갔는데 갑자기 편의점 직원이 소리를 지르며 뛰어나갔다. 그 여자아이가 쏜살같이 물건을 훔쳐서 달아났는데 그 직원이 뛰어가서 잡았다. 그리고는 아이를 데리고 들어왔다.

"쪼끄만 녀석이, 너 몇 살이야! 도둑질을 왜 해? 너희 집 어디야!"

"8살이요… 우리 집 없어요, 엉엉엉…."

아이의 손에는 과자 2봉과 우유가 있었다. 배가 고팠나 보다.

"어휴, 손님 죄송해요. 이 녀석이 요즘 갑자기 나타나서 도둑질을 하더라고요. 오늘은 일부러 지켜보고 있다가 잡은 거예요."

"아, 그러셨군요…."

난 그 아이가 불쌍해서 아이가 들고 있는 물건까지 같이 계산을 해 주었다. 그리고 아이를 데리고 밖으로 나왔다.

"감사합니다….”

그 아이는 꾸벅 인사를 하고 편의점 앞에 테이블에 앉아 과자와 우유를 먹었다. 많이 배고팠는지 맛있게도 먹고 있었다. 난 그 모습을 보며 말했다.

"아까 집이 없다고 했는데, 진짜니?”

"우리 집은 저기 보육원이에요.”

"어? 지수야. 아이고, 여기 있었구나. 아빠가 찾았잖니….”

"아, 지수예요? 이 친구가 집이 보육원이라고 말하던데요?”

"그랬군요. 저는 지수 양아빠예요. 오늘 데리고 나왔는데 애가 갑자기 사라져서…. 한참 찾았네요.”

"아, 그래요? 지수가 배가 고파했어요….”

난 물건을 훔친 얘기는 하지 않고 집에 가는 길에 같이 나란히 걸어갔다.

지수란 아이는 양아빠가 오니 많이 반가워했다.

부모가 없던 아이가, 아빠가 생기니 참 좋을 거 같았다.

그런데 우리 집이랑 가는 길이 비슷해서 보니 우리 집이랑 가까운 집이었다. 전에 우리 집에 떡을 가져다준 아주머니 옆집이니까 많이 가까웠다.

아이는 나에게 인사를 하고 그 양아빠라는 사람과 집으로 들어갔다. 지나가는 길에 그 옆집 아주머니를 만났다.

"어머, 아가씨. 오랜만이네.”

"네, 안녕하세요.”

"저기 우리 옆집 며칠 전에 이사 왔던데, 남자 혼자 사는 거 같더라고. 별로 말도 없고, 그냥 그렇더라고.”

"아, 그래요. 저도 오다가 우연히 만났거든요."

나는 아주머니와 인사를 나누고 집으로 들어왔다.

달빛 아래 정원 벤치에 앉아서 와인을 마시고 있는 미유엘. 참 그림 같았다.

난 별말 없이 그냥 들어가려고 했다.

"아까 같이 온 남자와 아이는 누구야?"

"오다가 길에서 만났어요. 언제부터 있었던 거예요?"

"어두운 밤에 네 옆에 남자가 보이길래 너한테 가려다가 안 갔다. 별일은 없는 거 같아서."

"네. 별일 없었어요. 근데 저렇게 혼자 사는 남자도 아이를 입양하는데 그것도 좋은 방법인 거 같아요. 아이도 아빠가 생겨서 좋고 외롭지 않을 거 같아요."

난 먼저 집 안으로 들어와서 씻었다. 그리고 TV를 켰는데 드라마에서 주인공이 남자친구와 놀이공원에서 데이트하는 모습을 보고 참 부러워 보였다.

"와, 부럽다…. 난 언제 남친이랑 같이 저렇게 놀아 볼까?"

"왜? 가고 싶어? 저기 어딘데?"

"저기 에버랜드예요. 완전 멋있지 않아요? 와~ 난 언제 가 보나…."

"그래? 에버랜드라… 가고 싶다는 거지?"

난 그렇게 말하고 어느새 잠이 들었다. 아침에 일어나니 침실이었다.

소파에서 잠이 든 거 같은데 미유엘이 데려다줬나 보다.

헉, 그리고 내 옆에 그가 누워 있었다. 잠들어 있는 모습이 너무 멋지게 보였다.

내가 옷을 그대로 입고 있는 걸 보니 별일은 없던 걸로 보인다.

"당신, 참 잘생기긴 했어요….."

나는 잠든 모습을 보고 혼잣말을 하며 머리카락을 만지고 볼을 살짝 쓰다듬었다. 그런데 그가 갑자기 눈을 떠서 내 손을 잡았다. 그리고 내 손등에 입을 맞추었다.

그 순간 머릿속에 번개처럼 이 장면이 똑같이 떠올랐다.

그와 내가 같이 누워 있고 손등에 입 맞추는 이 장면… 또 아리엘과 그의 모습인가.

"내 방에 들어와서 막 이렇게 자도 되는 거예요? 내 허락도 없이?"

"공주님, 아무 일도 없었으니 걱정 마시죠."

나는 그를 흘겨보았다. 근데 일어나서 보니 내 방이 아닌 거 같았다. 이상해서 창문을 열어 밖을 보니 헐…. 여기는 에버랜드 리조트였다.

"뭐예요? 여기…. 에버랜드네?"

"응. 여기 오고 싶다면서. 네가 하고 싶은 건 내가 다 해줄 수 있다."

"우와! 정말요? 너무 좋다!! 드디어 여길 와 보네요…. 야호~ 우리 빨리 나가요!"

내가 어젯밤에 가고 싶다고 했던 말을 진짜 실행시켜 준 것이다.

"그래. 우리 오늘 재미있게 커플이 돼서 놀아보자꾸나."

나는 흔쾌히 승낙하며 놀이공원으로 향했다.

꿈만 같은 천사의 선물이었다. 그날 우리는 정말 커플처럼 놀이기구 이것저것을 신나게 타고, 맛있는 것도 같이 먹고 진짜 재미있게 놀았다.

"수민아, 나 토할 거 같아서 더 이상 못 타겠어…."

"에이 왜 그래요…. 같이 더 타요."

그는 어지러운 놀이기구를 몇 개 타더니 벌써 지쳤다.

그래서 나는 열심히 놀이기구에 그를 끌고 다니며 즐겼다.

맛있는 음식을 먹을 때도 난 진짜 커플처럼 행동했다.

“내가 오늘은 자기라고 불러 줄게요. 우리 자기야, 아~ 이거 먹어 봐요.”

“그래. 음…. 맛있다.”

그리고 저녁에는 분위기 좋은 곳에서 술을 마셨다.

하루 동안 정말 재밌게 보내고 집으로 뿅 하고 돌아왔다.

“당신이 천사라서 초능력을 막 부리니깐 너무 신나고 좋아요. 호호. 인간들은 못 하는 걸 당신은 할 수 있잖아요. 멋져요, 미유엘. 난 당신이 좋아요. 당신은 날 평생 지켜 줘야 해요. 어디 가면 안 돼요….”

난 술김에 이런 진심을 말했다. 어느새 어두워졌다. 정원에 앉아서 하늘에 별을 보았는데 달도 별도 너무 예쁘다. 그는 내 말을 듣고 내 눈을 가만히 들여다보았다.

“왜요? 내 얼굴에 뭐가 묻었어요?”

“그거 진심이야? 많이 안정되어 보여서 나도 참 편하구나. 널 처음 봤을 땐 뭔가 들떠 있고 불안정해 보였는데, 지금은 차분해 보여.”

“음, 그런 거 같아요. 당신 덕분에요. 아함~ 졸려요. 들어가서 잘래요.”

난 들어와서 잠이 들었다. 정말 그의 말처럼 뭔가 내 마음이 편안해진 건 맞는 거 같다. ‘역시 천사는 천사구나’ 이런 생각도 들었다. 가끔 그가 옆에 자연스럽게 있다 보니 천사라는 사실을 망각하기도 했다.

_15_

학교에 다니느라 바쁜 나날들을 보냈다.

집에 가는 길에 놀이터에서 아이들이 모여 있는 모습을 보았다.

"야. 너 옷 좀 갈아입어."

"맞아. 너한테서 냄새난단 말이야. 저리 가."

아이들 몇 명이 여자아이를 괴롭히는 것처럼 보였다.

아이 한 명이 밀쳐서 여자아이가 바닥에 넘어져 울었다.

"어머! 얘, 괜찮니? 너희들 무슨 일이야? 친구를 이렇게 밀면 어떡하니…."

난 아이에게 달려가서 살피며 다른 아이들에게 말했다.

"걔한테서 이상한 냄새난단 말이에요. 얘들아, 우린 가자."

세 명의 아이들은 이렇게 말하고 가 버렸다.

자세히 보니 옆집 지수라는 아이였다.

"아, 지수야. 안녕? 저번에 이모 봤지? 옷이 정말 그렇구나…. 옷을 안 갈아입은 거니?"

지수는 고개를 끄덕이고 아무 말도 하지 않았다. 지수는 안 씻었는지 얼굴이 지저분하고 옷도 얼룩이 잔뜩 묻어 있었다.

"옷을 갈아입어야 해. 몸도 잘 씻어야 하고."

"아빠가 옷을 안 사줘요. 난 옷이 없어요."

지수가 이렇게 말하고 시무룩해졌다. 난 아이가 불쌍하게 느껴져서 아이를 집으로 데려왔다.

미유엘이 아이를 보고 눈이 동그래져서 물었다.

"그 아이, 옆집 아이 맞지?"

"네. 우리 옆집 맞아요. 애 몰골이 말이 아니라서 좀 씻기려고요. 아…. 근데 옷이 없네요…."

그래도 일단 먼저 씻겨야 할 거 같아서 난 샤워실로 데려가서 몸을 씻어 주고 머리도 감겨 주었다.

"이렇게 예쁜 아이를 씻기지도 않고 아빠 너무하신다…. 아빠는 일하러 가셨니?"

난 아이의 머리를 말려 주며 물어보았다.

아이는 고개를 저었다.

"말 안 하고 싶으면 안 해도 돼. 너 하고 싶을 때 해."

난 로션을 발라 주고 내 셔츠를 일단 입혔다.

"미유엘. 여자아이 옷 좀 사다 줘요. 뭔가 사정이 안 좋아 보여요."

"응. 알았어."

그는 대답을 하고 재빠르게 사라졌다.

"우와, 아저씨 어디 갔어요? 진짜 빠르다."

아이가 신기해하며 말을 했다.

30분 후쯤 그가 다시 번개처럼 나타났다.

"내가 옷을 고를 줄 몰라서 그냥 내 눈에 예쁜 걸 샀다."

지수의 옷은 공주풍의 드레스 같은 옷이었다.

그 옷을 입혔더니 너무 예뻤다. 지수도 엄청 좋아하는 거 같았다.

"나 공주님 같아요? 히히~"

"그래. 거울 앞에 가서 보고 와."

난 미유엘이 사 온 옷을 보고 좀 재미있었다. 그의 취향이 이런 옷이라니.

"어머! 우리 천사님. 이런 공주풍의 옷을 좋아하시나 봐요."

"사실…. 네 옷도 한번 골라 봤는데, 한번 입어 볼 테냐?"

"네? 제 옷을 골랐다고요?"

그의 손 위에 분명히 아무것도 없었는데 마술처럼 옷이 생겼다.

항상 난 캐주얼한 바지와 티셔츠를 입고 운동화를 신고 다녔다.

근데 그가 사 온 옷은 나와는 정반대의 옷이었다.

지수의 옷과 같은 프릴과 레이스가 달려 있는 발목 위까지 길이. 아이보리 색깔의 몸에 딱 붙는 원피스였다.

"호호호, 이걸 입으라고요? 나 이런 거 안 어울려요."

"맨날 입던 거만 입지 말고 이런 것도 입어 보란 말이다. 잘 어울릴 거야."

그의 성화에 나도 할 수 없이 그 원피스를 입어 보았다.

사이즈는 딱 맞았는데 뭔가 쑥스럽고 부끄러웠다.

그가 어느새 내 모습을 보려고 내 옆에 와 있었다.

"역시 아름답구나. 자, 거울을 보거라. 네 모습이 얼마나 아름다운지."

그는 나를 거울 앞으로 데려갔다. 나도 나름 잘 어울려 보인다고 생각은 했다. 뭔지 모르게 자신감이 막 생기는 거 같았다.

"어울려요? 그럼 나 이제부터 이렇게 입고 다닐게요."

지수도 옆에 와서 손뼉을 치며 예쁘다고 칭찬했다.

"이모, 너무 예뻐요. 공주님 같아요."

"호호호, 내가 멋을 안 내서 그렇지⋯. 멋을 내면 좀 예쁘지?"

"근데 원피스가 너무 길어서 좀 짧아도 될 거 같아요. 요 정도는 짧아야 예쁘죠."

나는 거울을 보며 치마를 쑥 들어 올려서 무릎길이로 놓고 말했다.

"안 된다. 어찌 여자가 그렇게 다리를 많이 드러내 놓고 다닐 수 있느냐?"

미유엘이 치마 길이를 보고 약간 화를 내며 말했다.

"왜요? 이거 입으라면서요. 난 이렇게 무릎까진 와야 예쁘던데⋯."

"안 된다. 절대 안 돼. 그럴 거면 그냥 입지 말거라."

"무슨 조선 시대도 아니고 촌스럽게 왜 그래요?"

"난 과거 조선 시대 때 빛의 아이를 수호할 때도 여인들이 얼굴을 가리고 긴치마를 입었던 게 참 아름답게 느껴졌었다."

"어머나, 이 천사 좀 봐. 당신은 지금 세련된 모델 활동을 하면서 카메라 앞에서 옷도 막 벗고 근육도 막 드러내고 그러면서, 나한테는 다리를 드러내지 말라니 그게 말이에요? 얼굴도 가리고 다니라는 거예요? 어휴, 정말 세대 차이 나네요."

난 이렇게 말하고 그냥 원피스를 벗어 버렸다.

"됐어요! 안 입어! 안 입어!"

저녁이 되어 아이에게 저녁밥을 먹이고 집에 데려다주려고 할 때쯤 아이의 핸드폰이 울렸다. 아이의 양아빠한테서 온 전화였다.

아이는 그래도 아빠를 반갑게 부르며 위치를 말했다.

조금 있다가 지수의 양아빠가 아이를 데리러 우리 집으로 왔다.

"우리 지수 여기 있었구나. 아빠가 좀 바빴어. 미안해…."

지수 아빠한테 술 냄새가 풍겼다.

"네, 지수 아빠. 지수 옷이 너무 낡고 갈아입지 않아서 아까 아이들이 차별을 하더라고요. 신경 좀 써 주셔야 할 거 같아요."

"그래요? 나쁜 자식들 같으니라고. 친구끼리 왜 차별을 해요? 이놈의 자식들, 어느 집 애들이에요? 내가 가만 안 둘 거야!"

갑자기 지수 아빠는 화를 버럭 내며 말했다.

지수는 아빠의 화내는 모습을 보며 내 뒤로 갑자기 숨었다.

아이의 몸이 가녀리게 떨리고 있었다.

"애들이 아직 어리니까 그래요…. 진정하세요…."

난 이렇게 마무리하려고 했는데, 지수 아빠는 계속 화를 내며 어느 집이냐고 당장 가자고 난리였다. 화가 나니 진정이 안 되어 보였다.

지수는 갑자기 울음을 터뜨렸다. 뭔가 아빠의 화내는 모습을 한두 번 본 게 아닌 거 같아 보였다. 미유엘은 그가 진정이 안 되자 눈으로 그에게 레이저를 쐈다. 그랬더니 그가 서 있는 채로 눈을 감았다.

"잠시 진정 좀 시켜야겠다. 이 사람 심상치가 않구나. 지수야, 괜찮아. 울지 마."

지수도 울음을 그치고 진정이 되었다. 10분 정도 후에 그가 눈을 떴다.

"제가 괜히 화내고 실례를 했습니다. 지수야, 어서 가자. 우리 지수 챙겨 주셔서 감사합니다."

"네. 지수 좀 잘 챙겨 주세요."

지수는 손을 흔들며 아빠의 손을 잡고 나갔다.

그 부녀가 가고 나서 나와 미유엘은 한숨을 쉬었다.

"평소엔 참 좋아 보이는데, 화가 나는 포인트가 뭔가 있어 보이네요?"

"어린 시절 상처 같은 게 있는 거 같다. 아이가 걱정이구나."

그는 낮에 봤던 원피스를 다시 내밀며 입고 다니라고 했다.

서로 길이를 가지고 실랑이하다가 복숭아뼈와 무릎 중간으로 합의를 했다.

그래서 나는 좀 더 여성스럽게 옷을 입고 다니게 되었다.

16

희영이는 악마에게서 3개월 정도 후에 풀려났다. 얼마나 힘들었을까…. 나와 미유엘의 집 앞에 쓰러져 있는 것을 발견하고 미유엘은 그녀를 치료해 주었다.

우리 둘 다 그녀에게 미안한 마음이 있었다. 그래서 특별히 미유엘은 최고신의 허락을 받았다. 그 기억이 트라우마로 남을 것을 고려해서 악마를 만나고 끌려가서 그에게 사로잡혀 있었던 기억을 지워 주었다. 다행히 치료가 잘돼서 희영이는 일상으로 아무렇지 않게 돌아왔다.

하지만 치료할 수 없는 게 있었다. 그의 남자친구 민석이가 그사이에 그녀를 잊고 다른 여자를 만나게 된 것이다. 희영이는 도대체 왜 민석 씨가 자신을 떠났는지 이해를 할 수가 없어서 더 힘들어했다.

"수민아. 민석 씨가 갑자기 왜 날 떠난 거야? 언제부터 다른 여자를 만난 거지? 나 너무 힘들다…. 친구야. 나한테 너무 차갑게 대하는 게 무서워."

나는 아무 말도 할 수 없었다. 그냥 민석이를 나쁜 놈으로 만드는 수밖에.

“그냥 잊어. 희영아. 너 만나면서 다른 여자가 있었나 봐. 나쁜 놈이야.”

희영이는 내 앞에서 펑펑 울면서 현실을 부정하고 있었다.

“미유엘. 내 친구 희영이의 기억 중에 민석 씨와의 기억까지 어떻게 안 돼요?”

“그것까진 내가 할 수가 없다. 기억들이 세분화되고 감정도 복잡하게 얽혀 있는 게 너무 많기 때문이야.”

어느 날 밤 꿈을 꾸었다. 아름다운 날개가 내 몸에 있고 미유엘과 함께 향긋한 정원을 거닐며 데이트하는 모습이었다.

미유엘이 꽃을 꺾어서 손에 들자 그것이 마술처럼 꽃핀이 되었다. 그리고 그는 꽃핀을 내 머리에 꽂아 주었다.

“지금 나와 함께하는 이 순간을 기억해 주오. 사랑해요, 아리엘.”

“나도 사랑해요, 미유엘.”

나는 그와 나비가 날아다니는 모습을 보고 새들이 노래하는 모습을 보며 그의 어깨에 기대어 앉아서 행복해하는 모습이었다.

그리고 조금 있다가 어떤 목소리가 들려왔다.

‘스톤을 잘 지켜라. 가장 가까운 곳에서 누군가 욕심을 부리고 있다.’

새하얀 비둘기가 태양을 가르며 나에게 날아왔다.

비둘기가 내 어깨에 앉았고 나는 비둘기의 하얗고 보드라운 털에 볼을 부볐다.

미유엘이 내 옆에 앉아서 내 머리카락을 빗겨 주었다.

갑자기 어디선가 돌이 날아왔다. 비둘기가 놀라서 날아가 버렸다.

동산 구석에서 누군가 우릴 몰래 보고 있었던 것이다.

나와 그의 눈이 마주쳤다. 그는 뒤돌아서 도망쳤다.

"아가씨! 한수민! 일어나!"

한참 이렇게 꿈을 꾸고 있는데 나를 부르는 목소리가 들렸다.

깜짝 놀라서 잠에서 깼다. 미유엘이 날 깨운 것이다.

"헉, 지금 몇 시야? 학교 늦겠네! 이제 깨우면 어떡해요? 오늘 수업 1교시부터 계속 있는데!"

"내가 몇 번을 불렀는데도 안 일어나더니….."

난 옷 입고 씻고 순식간에 준비를 마쳤다. 미유엘이 샌드위치와 우유를 들고 와서 나에게 한 입이라도 먹으라고 말했다. 그럴 시간이 없었다.

"나 시간 없어요. 택시 타도 늦을 거 같아. 이거 먹으려면 당신이 나 데려다줘야 해요."

"에휴, 알았어. 어서 한 입이라도 먹어. 아가씨."

난 샌드위치랑 우유를 받아서 맛있게 먹었다. 그가 날 데려다주면 3분도 안 돼서 학교에 도착할 수 있었으니까. 샌드위치 먹는 척하고 순간이동 찬스를 쓴 것이다.

참 이럴 땐 미유엘의 초능력이 유용해서 좋단 말이다.

오후까지 수업을 듣고 난 버스에서 내려 집으로 가는 중이었다.

어느새 어두워져서 하늘에 별이 총총 보이기 시작했다.

놀이터에서 놀던 아이들이 하나둘씩 전화를 받으며 사라졌다.

한 아이가 뛰어가다가 핸드폰을 떨어뜨렸다. 아이는 다시 뒤돌아서 핸드폰을 주우려고 가는데 누군가 대신 주워서 아이에게 주었다. 번듯하게 정장을 차려입은 남자 같았다.

"한수민 양?"

누가 내 이름을 불러서 난 뒤돌아보았다. 아까 아이에게 핸드폰을 주워 준 그 사람.

검은색 정장에 키가 크고 쌍꺼풀진 눈에 멀끔하게 생긴 익숙한 목소리….

"당신은…. 데브엘…?"

"맞다. 날 기억하는구나. 놀라지 마라. 널 해치러 온 게 아니니까."

"당신 본래 모습을 제대로 못 봤었는데…. 하긴, 당신은 항상 얼굴을 가린 큰 검은 망토를 입고 있었죠?"

"그랬지. 내가 너에게 할 말이 있는데 너의 그 빛을 좀 제어해 주지 않겠니?"

"난 그러고 싶지 않아요. 당신이 검은 망토를 다시 입든지 하세요."

그는 검은 망토를 다시 입었다.

"그래, 알았어. 너의 영혼의 향기를 맡고 네가 아리엘인걸 알았을 때부터 난 너무 떨려서 잠이 안 오더구나. 아주 오래전에 천사로서 수련을 할 때 우리 함께였는데, 내가 기억이 안 날까? 점점 너의 그때의 기억이 떠오를 텐데…."

"무슨 말인지 모르겠군요. 난 아무것도 몰라요."

그의 눈빛이 다르게 느껴지는 건 뭘까? 사악한 눈빛보다는 무언가를 원하는 남자의 눈빛 같이 느껴졌다. 난 뒤돌아서서 가려고 했을 때 데브엘이 내 손목을 잡았다.

그때 역시 나의 은인. 미유엘이 나타났다.

"지금 무슨 수작이냐? 데브엘."

미유엘이 그를 세게 밀쳤다. 그는 바닥으로 넘어지며 밀려났다.

그리고 미유엘이 더 공격하려고 하자 난 그를 말렸다.

데브엘이 공격하려는 모습이 보이지 않았기 때문에 난 싸움을 원하지 않아서였다.

"그만 가요."

"다시는 우리 수민이 곁에 얼씬도 하지 말거라."

난 미유엘과 순간이동으로 집으로 돌아왔다.

"어디 다친 데는 없지? 데브엘이 너한테 뭐라고 한 거야?"

"나도 모르겠어요. 뭐 전생이 어쩌고저쩌고 하던데. 오늘은 뭔가 다르던데요…. 맨날 검정 망토 이상한 거 입고 있더니, 오늘은 진짜 멋있게 차려입고 나타나서는…."

"한수민! 데브엘 그놈이 멋있다니? 너 그놈이 어떤 놈인지 몰라서 그래?"

"어머나, 천사님. 왜 이렇게 '버럭' 하실까요?"

"아니 난…. 조심하라고 하는 말이지."

난 웃으면서 그냥 내 방으로 들어왔다. 저녁을 먹고 기말고사 시험공부를 시작했다.

참 이상했던 데브엘의 모습이 자꾸 떠올랐지만, 이럴 땐 공부 만한 게 없었다.

희영이는 점점 회복해 갔다. 희영이를 생각하면 데브엘 그놈이 원수가 맞다. 절대 흔들리지 않으리.

17

　동아리 방에서 봉사활동을 가기로 했다. 이번에 갈 장소는 노인 요양원이었다. 우리는 주말에 만나서 요양원으로 갔다.

　그곳에서 청소를 하고 어르신들 이불도 빨고, 프로그램 진행할 때 옆에서 활동을 도와주기도 했다. 난 그곳에서 아이 한 명을 보았다. 9살쯤 되어 보이고 입은 옷은 여기저기 그을리고 찢어져 있고 물이 뚝뚝 떨어지고 신발도 없이 맨발이었다. 아이 귀신이었다. 그 아이는 이리저리 숨어 다녔다. 난 아이를 주시하고 있었다.

　"저기 할머니, 저번 주에 들어오셨다면서요?"

　"네. 병원에서 이상도 없다고 하는데 증상은 치매 같다고 하더라고요. 여기서도 나가려고 하다가 몇 번이나 잡히고 막 소리 지르고 아프다고 하면서 물건도 집어던지고, 발작이 나타나면 심하게 그러나 봐요."

　직원분들이 하는 얘기들이었다. 그분들이 손으로 가리키는 곳을 보니 할머니 한 분이 거울을 보며 머리를 손질하고 계셨다. 정말 멀쩡해 보이시는데.

148

그런데 갑자기 할머니가 막 소리를 지르며 몸부림을 쳤다.

"아이고 아파…. 저리 가!"

가까이 가서 보니 아까 봤던 그 아이가 할머니한테 붙어서 머리를 쥐어뜯고 막 때리고 있었다. 아이는 몹시 화가 나 보였다.

"난 멀쩡해! 난 아무 문제가 없다니까!"

간호사가 와서 진정제를 놓았다. 한두 번 있는 일이 아닌 거 같았다.

내가 가까이 가니 아이는 눈치를 보며 어디론가 또 사라졌다.

할머니는 진정제를 맞고 조용해지며 잠이 들었다.

"휴…. 하루가 멀다고 이렇게 발작을 하니… 참."

그곳에서 일하는 직원분이 한숨을 쉬었다.

희영이가 어느새 내 옆에 와서 말했다.

"수민아, 너… 여기서 뭐 봤지? 나한테 말해 줘. 너랑 계속 같이 다니니까 너의 얼굴을 보면 뭔가 알 거 같아."

희영이는 내가 귀신을 보는 걸 알기 때문에 하는 말이었다.

"응. 아이 귀신이 여기 있어. 저 할머니를 막 괴롭히더라고."

"아, 정말? 그럼 얘기해 줘야 하지 않아?"

"그럴 게 아니라 그 아이 얘기를 좀 들어 봐야겠어."

이런 곳에서 아이가 있을 만한 곳은 컴컴하고 습한 창고였다.

난 청소하는 척하면서 창고 위치를 알아보고 그쪽으로 갔다.

문을 열고 들어가니 퀴퀴한 냄새가 나고 먼지가 쌓여 있었다.

"아이야, 어디 있니? 난 너의 얘기를 들으러 왔어."

구석에서 재빠르게 아이가 숨는 모습을 보았다.

"괜찮아. 난 너를 해치지 않아. 배고프지 않니? 이거 먹을래?"

난 그리고 주머니에 있던 빵을 꺼내서 들고 있었다.

구석에서 얼굴을 빼꼼히 내밀고 아이가 나왔다.

경계심이 많은 아이 같았다.

그 아이가 달려와서 내 빵을 받아 들고 다시 숨었다.

그리고 빵을 먹는 소리가 들렸다.

"어쩌다가 여기 이렇게 있게 된 거니? 얘기 좀 해 줄래? 내가 도와줄게."

"정말… 도와줄 수 있어요?"

"그럼 당연하지. 왜 그렇게 화가 나 있는 거야?"

"그 할머니 나빠요. 내 동생과 나를 힘들게 하고 아프게 하고 우리를 가방에 넣고 강물에 던졌어요. 그 할머니가 우리를 죽였어요."

충격적인 이야기였다. 저렇게 멀쩡해 보이는 할머니가 아이들에게 그런 짓을 하다니.

"아… 그랬구나. 저 할머니는 너랑 어떤 사이야?"

"우리 아빠의 엄마인데 우리를 미워했어요. 아빠가 일하러 간 사이에 우리를 자꾸 때리고 힘들게 했어요. 우리가 도망간 엄마를 닮았다고 싫어했어요. 그날은 할머니가 잠든 사이에 동생이랑 나랑 장난을 하다가 작은 불이 났어요. 그런데 할머니는 일어나서 우리를 두고 가 버렸어요. 그리고 우리는 매운 냄새 때문에 기절했는데 할머니가 우리를 가방에 넣었어요. 난 가방 안에서 살려달라고 울면서 애원했는데 할머니는 우리를 그냥 물속으로 던졌어요. 난 너무 화가 나요. 할머니를 괴롭힐 거예요."

이야기를 듣고 너무나 마음이 아팠다. 어떻게 인간으로서 그런 짓을 할 수가 있을까.

아이 둘이 캐리어 안에서 얼마나 울며 애원했을까…. 얼마나 무서웠을까….

과연 저 할머니를 도와주는 게 맞는 걸까 하는 생각까지 들었다.

내가 결정하기 힘들어서 가만히 미유엘을 불렀다.

'미유엘, 도와줘요.'

"무슨 일이야? 왜 이런 창고에 있어? 봉사활동 한다면서."

"아잇, 깜짝이야. 하여간에 진짜 번개야. 겁나게 빨라요."

"우와, 천사님이다…."

아이가 해맑게 반가워하며 미유엘을 보고 말했다. 그는 아이를 쓰다듬었다.

아이는 그의 품에서 잠이 든 거 같았다. 화가 나 있던 얼굴이 아니라 잠시 평온해 보였다.

"아이를 안아 주고 싶어도 나한테는 못 오니까 당신이 내 역할까지 다 해 줘요."

그리고 나는 아이에게 들은 이야기를 그에게 다 이야기했다.

"하…. 그런 인간이 있다니…. 용서할 수가 없구나. 일단 먼저 이 아이의 아버지를 찾아가서 사실대로 이야기하고 아이의 시신을 찾게 해. 난 그 범인을 응징하겠다."

나는 아이에게 물어서 그 아이의 아버지를 찾아갔다.

"수민아, 난 아무것도 들리지 않고 잘 모르지만 너의 얘기를 들어 보면 점점 범죄를 풀어 가는 느낌이 들어. 좋은 일이야. 혼자 좀 그러면 나도 따라갈게."

희영이도 함께 따라와 주었다.

그 아이의 집은 조그만 오래된 아파트였다. 딩동 벨을 누르니 아무런 소리도 들리지 않았다. 여러 번 눌렀는데 기척이 없었다.

그곳은 1층이었는데 우리는 밖에 나와서 기다렸다.

어떤 아주머니 한 분이 마트를 다녀왔는지 장바구니를 들고 104호로 들어가려는 것을 우리가 붙잡았다.

"저기, 실례하겠습니다. 혹시 여기 앞집 남자분 만나려고 왔는데 지금 안 계실까요?"

"103호? 에휴, 쯧쯧…. 그 집 저녁 늦게나 오는 거 같던데. 불이 나고 아이들이 없어져서 많이 힘들어하더라고요. 그 집 엄마는 멀쩡하다가 정신이 이상해지고…. 그러고 나서 요즘 자주 술에 취해서 들어오고 그러는 거 봤어요."

"네… 말씀해 주셔서 감사합니다."

그래… 당연한 거다. 자녀가 둘이나 죽었으니 아빠 마음이 오죽할까 싶다.

나와 희영이는 밖에서 기다리고 있었다. 점점 날이 어두워져 갔다. 아파트 놀이터에서 아이들이 놀이하는 모습이 보였다.

"오빠! 여기 봐! 쪼금 나왔어!"

"어디, 어디? 우와, 드디어 나왔다. 우리 물을 주자. 너무 뜨거우니까."

남매 아이 둘이서 화단을 보며 함성을 지르고 있어서 무슨 일인지 보러 가까이 갔다.

알고 보니 초등학교 1학년 2학년 남매가 화단에 며칠 전에 해바라기

씨를 심었다고 한다. 그런데 그게 싹이 나왔다고 이렇게나 좋아하는 것이다.

남자아이가 얼마 후에 물병에 물을 담아 가져와서 싹이 나온 해바라기에게 물을 준다.

"아기 해바라기야. 물 많이 마시고 많이 커야 해."

"맞아. 아기 해바라기야. 햇빛이 뜨거워도 우리가 물을 줄 거야. 내 키만큼 커라."

물을 주면서 여동생과 오빠가 차례대로 말을 하고 있었다.

나와 희영이는 그 모습을 보며 빛나는 동심에 입가에 저절로 미소가 머금어졌다.

"어머, 너희들 해바라기 정말 잘 키운다. 벌써 이렇게 나왔네. 진짜 너희들 키보다 더 엄청 자라겠는걸."

내가 한마디 했더니 아이들이 제자리에서 막 뛰면서 기뻐했다.

희영이도 아이들이 귀여운지 머리를 쓰다듬어 주었다.

"진짜 너희들은 이렇게 아름답게 커 주라."

그리고 날이 어두워지자 아이들이 집으로 모두 들어갔다.

우리는 근처 정자에 앉아서 기다리는데 그때 누군가 노랫소리가 들려왔다.

"한 많은 이 세상 야속한 님아…."

술에 취한 목소리로 어떤 남자가 노래를 부르며 걸어가고 있었다. 우리는 느낌상 저 사람이 맞을 거 같다는 생각이 들었다.

그래서 조용히 뒤를 따라갔는데, 울면서 아이들 이름을 부르기도 했다. 그리고 역시 103호로 들어가는 중이었다.

“안녕하세요…. 혹시 영수, 영화 아버님이세요?”

“어? 네… 제가 맞는데요…. 우리 영수 영화를 어떻게 아세요? 흑 흑….”

아이의 아버지는 아이들의 이름을 듣고 갑자기 또 울음을 터뜨렸다.

“네… 제가 영수를 만났거든요.”

영수의 아버지는 갑자기 술이 확 깬 거 같았다.

“그게 무슨 말씀이신지? 잠깐 안으로 들어오실래요?”

우리는 그를 따라 집으로 들어갔다. 좁은 거실에 물건들이 정리가 안 되어 있었다.

“제 친구가 귀신을 보거든요. 그래서 영수를 본 거예요. 믿어도 돼요. 들어 보세요.”

희영이가 옆에서 거들었다. 우리는 거실에 앉아서 이야기를 했다.

나는 그동안 있던 이야기를 그에게 모두 말했다.

그는 눈이 동그래져서 듣고 있었다.

“우리 어머니가 애들을 그랬다고요? 에이, 설마요….”

“맞아요. 영수가 직접 그렇게 말했고요, 지금 요양병원에서 따라다니면서 할머니를 괴롭히고 있어요. 원한이 있으니까요. 아빠도 많이 보고 싶대요….”

그리고 시신이 있는 곳도 말해 주었다. 왜 아직 안 떠올랐을까?

“우리 어머니가 아이들을 그렇게 미워하시는 줄도 몰랐어요. 불이 나긴 했지만 큰불은 아니었고, 아이들이 어디로 갔는지 보이지 않아서 실종신고를 했어요. 지금 네 달째 못 찾아서 누가 데려가서 죽었나 보다 하고 있었어요. 어머님은 갑자기 발작을 하시고 헛소리를 하셔서 제가 모시다가, 형편상 제가 일도 해야 하고 해서 요양병원에 맡겼죠….”

그런데 아이의 아빠는 뭔가 고민하고 있었다.

왜냐면 자신의 어머니를 아이들을 죽인 범인으로 고소해야 하는 상황이 돼서 그런 거 같았다. 그리고 그렇게 못 찾던 아이가 죽어서 영혼이 되고 누군가 나타나서 말을 전해 주니 황당하기도 할 것이다.

다음 날, 아이의 아빠와 요양원에서 만나기로 했다.

인사를 하고 아빠는 자신의 어머니에게 가서 말을 걸었다.

“그래. 진용아. 나 좀 여기서 꺼내 줘. 나 답답해.”

“어머니. 저랑 잠깐 얘기 좀 하시게요….”

할머니와 아저씨는 요양원 앞 벤치에 같이 앉았다.

“어머니, 솔직하게 말씀해 주세요. 우리 애들 어떻게 하셨어요?”

“응? 그게 무슨 소리냐? 애들이 불이 나고 나서 지들끼리 나가 버렸다니까….”

“할머님, 손자 영수라는 아이가 여기에 있어요. 할머니에게 화가 많이 나 있어요.”

“아이고, 말도 안 되는 소리. 그 애들은 물에 빠져 죽었는데 어떻게 여기에 있다… 고….”

할머니가 자기가 말해 놓고 뭔가 깜짝 놀란 듯 자기 입을 막았다.

“어머니. 애들이 물에 빠져 죽었다니요? 사실대로 말씀해 주세요!”

그날은 뭔가 문제가 해결될 거 같지가 않았다. 할머니는 그냥 아무 말도 더 이상 안 하고 들어가 버렸다.

아이의 아빠는 그냥 밖에서 기다려 보기로 했다.

미유엘이 나타났다. 그리고 아이 귀신이 뛰어나왔다.

"응? 아빠…. 보고 싶었어…."

아이가 아빠의 옆에 멈춰 섰다. 아무리 불러도 아빠는 듣지 못했다.

"흑흑, 아빠. 난 할머니가 미워."

나와 미유엘은 말리지 않았다. 아이가 할머니를 또 괴롭히러 간 것이다.

"이 나쁜 할머니! 나랑 내 동생을 왜 죽였어? 왜 그랬냐고!"

아이는 할머니의 머리를 쥐어뜯고 막 때리기 시작했다.

"아야! 또 이러네…. 나 좀 살려 줘. 아야, 아파라."

"사실대로 말해. 나쁜 할머니야. 거짓말하지 말고!"

"아이고, 내 머리 빠진다. 아이고, 아파라. 진용아! 애미 아프다!"

"할머니. 그거 지금 영수가 와서 할머니 때리고 있는 거예요. 할머니가 너무 밉대요. 매일 이렇게 시달린 이유는 영수가 그런 거예요."

난 얼른 가서 할머니에게 말했다. 그리고 아이의 아빠도 다가왔다.

"어머니. 어서 말씀하세요. 어머니가 우리 애들 진짜 그랬어요?"

할머니는 막 아프다고 하면서 내 말을 듣고 눈을 동그랗게 떴다.

많이 놀란 눈치였다. 그래서 이때다 싶어 난 아이에게 멈추라고 말했다.

아이가 더 이상 할머니를 때리지 않았다.

"어? 진짜네… 이제 안 아프네…."

"아이가 사실대로 얘기하라고 하네요. 거짓말하지 말고요."

"흑흑, 아이고…. 내가 그렇게까지 할 마음은 아니었는데…. 애들 애미가 집 나가고 내가 애들을 보고 있자니 울화통이 터져서 애들한테 못할 짓을 했네…."

드디어 할머니가 실토를 했다. 미유엘과 나는 서로 잘되었다는 듯 눈을 마주쳤다.

그렇게 해서 할머니는 경찰에 자수하러 갔고 아이들의 시신을 찾는 수사가 진행되었다.

"미유엘. 우리 수사해도 될 거 같지 않아요? 난 경찰을 했어야 해···. 호호."

"고맙습니다. 덕분에 우리 아이들 억울함도 달래고 찾게 되었어요···."

아이들의 아빠가 우리에게 정중하게 고맙다는 인사를 했다.

아이는 빛의 통로로 편안하게 돌아갔다. 일을 해결했다고 생각하니 속이 시원했다.

3일 수색 후에 아이들의 시신을 찾았다고 한다. 많이 부패되었지만, 당시 입었던 옷이나 캐리어 가방 같은 걸로 찾아낼 수 있었다.

아이들은 미유엘이 잘 보내 주었다. 나 혼자 할 수 없는 일을 든든한 지원군 덕에 할 수 있어서 그에게 너무 고마웠다.

집으로 돌아와서 난 욕조에 따뜻한 물을 가득 받고 반신욕을 했다. 미유엘이 주었던 천사의 소금 한 스푼과 천사의 오일 한 방울을 넣었더니 거품이 올라오고 향도 너무 좋았다. 부드럽고 은은한 향을 맡으며 몸이 완전히 릴렉스되는 것을 느꼈다. 잠깐 눈을 감았는데 어떤 장면이 또 떠올랐다.

내가 지금처럼 목욕을 하고 나와서 옷을 입고 누군가 와서 내 머리를 빗겨 주는 모습이 보였다. 그는 미유엘이었고 나와 그는 행복해 보였다. 그런데 멀리서 어떤 눈빛이 느껴져서 돌아보니 데브엘이 숨어서 보고 있다가 나와 눈이 마주쳐서 뒤돌아 도망쳤다. 왜 자꾸 그는 숨어서 우릴 보고 있는 걸까….

참 음흉하다는 생각이 들기도 하고 한편으론 불쌍한 마음도 들었다.

'이건 또 무슨 장면이지…?'

"수민아!"

"히히히, 내가 문을 잠가 뒀지. 갑자기 열고 들어올까 봐."

욕실 밖에서 나를 부르는 소리가 들렸고 잠긴 문을 두드리는 소리도 들렸다.

"헉, 깜짝이야! 아, 정말 미쳤나 봐! 나가! 나가라고!"

미유엘이 순간이동으로 문을 뚫고 들어온 것이다.

"아, 미안해…. 네가 안 보여서 걱정이 돼서 널 따라와 보니 여기였구나…."

본인도 놀랐나 보다. 미유엘이 날 찾는 건 에너지 파장을 읽고 그 길을 따라온다고 했던 거 같다. 그가 금세 뒤돌아서서 나갔다.

"에휴… 거품 목욕이라 다행이다…."

18

어느덧 날씨가 많이 쌀쌀해져서 이제 곧 겨울을 준비해야 할 때가 왔나 보다. 기말고사를 잘 마치고 이제 한숨 돌리는 느낌이다.

해가 지는 저녁쯤, 나는 패딩 점퍼를 입고 마당에 있는 의자에 앉아서 멍때리고 있었다. 멍때리는 시간이 나에게 제일 평화로운 시간이었다.

"수민아. 따뜻한 차를 마시면서 멍을 때리거라."

"네, 그럽죠."

미유엘과 지낸 시간이 길어질수록 더 친근하고 따뜻하게 느껴졌다. 이제 많이 적응이 된 느낌이랄까. 같이 일하는 파트너 느낌이다.

"난 이 시간이 제일 좋아요. 자연에서 멍때리는 시간이요."

"그래. 넌 빛의 아이니까 분명히 그럴 거야. 자연에서 많은 에너지를 얻고 교감도 하는 아이니까. 내가 저기 천상에 있었다면 네가 누군지도 모르고 너에게 에너지를 주고 있었을 텐데. 여기서 이러고 있는 나도 참 신기한 일이지. 우린 에너지로 느끼니까."

"그래요. 근데 당신은 천상으로 다시 돌아가고 싶지 않아요? 그립지 않아요?”

“가끔 그런 생각이 들기도 했는데, 너와 함께 있어서 지구가 좋아.”

“어머나 미유엘 씨, 당신은 참 느끼하시군요.”

사실 나도 모르게 미유엘에게 많이 의지하고 있는 게 느껴졌다.

이렇게 농담을 주고받지만 우리 사이에는 뭔가 미묘한 게 흐르고 있었다.

미유엘은 먼저 들어가고 난 좀 더 있다가 너무 추워져서 안으로 들어갔다. 그는 거실에 있는 소파에 누워서 잠이 들어 있었다.

‘아휴, 왜 불편하게 여기서 자는 거야….’

난 그의 방에서 이불을 꺼내 가지고 그에게 가까이 다가갔다. 이불을 덮어 주며 가만히 그의 얼굴을 보고 머리를 쓰다듬어 주었다.

“캬, 천사지만 참 잘생겼단 말이야. 천사만 아니어도… 에휴….”

난 혼자 우스갯소리를 하고 일어나려고 했는데 그가 내 손을 잡았다.

“가지 마… 내 옆에 있어…. 아리엘….”

잠꼬대하는 거 같은데 그는 아직도 아리엘을 많이 그리워하고 있는 모양이다. 눈가에 눈물도 촉촉이 흘러나오는 게 아닌가….

난 그가 눈물을 흘리며 잠꼬대하는 모습을 보고 마음이 아팠다.

정말 많이 사랑했을까? 난 왜 그의 눈물을 보며 마음이 아픈 걸까? 다시 앉아서 그의 손을 잡아 주고 눈물을 닦아 주었다.

‘참 애절한 사랑도 했나 보네.’

난 혼잣말을 했는데 순간적으로 눈을 감고 어떤 장면이 보였다.

“죄인 아리엘! 너는 수련하는 천사의 신분인 걸 모르느냐? 감히 나를 능멸한 너를 용서할 수 없다! 지상에 내려가서 천 년 동안 환생하며 인간으로 봉사하며 살거라!"

그 장면의 얼굴은 내 모습이었다. 나는 손발이 묶인 채 신 앞에 무릎을 꿇고 머리를 숙이고 있었다.

"미유엘⋯. 난 당신과 떠나고 싶어서 욕심을 부렸어요. 최고신의 보석을 훔쳐서 지구 어느 나라로 우리 둘이 도망가면 다 될 줄 알았는데, 내가 너무 바보 같았어요⋯."

"죄인 아리엘! 어서 가자! 이제 천사로서의 너의 시간은 끝났다."

나는 미유엘에게 말하며 울고 있었고 천상의 법을 집행하는 천사들이 와서 나를 억지로 끌고 갔다.

"아리엘. 가지 마⋯. 흑흑⋯."

내가 끌려가는 뒷모습에 미유엘의 목소리가 들려왔다. 그리고 내가 끌려갈 때 데브엘의 모습도 보였다. 그도 눈물을 흘리고 있었다.

"내 사랑 아리엘⋯. 우린 꼭 다시 만날 거야⋯. 기다려⋯."

눈을 떴는데 그 상황을 갔다 온 사람처럼 내 눈가에 눈물이 있었다. 난 정말 아리엘인 거 같았다. 어떻게 해서 그와 이별을 하게 되었는지를 제대로 보게 된 것이다. 지금 미유엘이 그리워하는 이유도 너무 잘 알게 되었다.

"미유엘, 많이 기다렸죠⋯. 나 이제 기억이 났어요⋯. 하지만 조금만 더 참아요."

난 조그맣게 혼잣말을 하며 그의 얼굴을 쓰다듬었다. 짧게 짧게 기억났던 조각들이 맞춰진 것이다. 그리고 그와 내가 천사 시절에 얼마나 깊게 사랑했는지 느낄 수 있었다.

아직 밝히고 싶지 않았다. 데브엘과는 어떻게 엮였는지도 알아야만 한다.

난 그날따라 스톤이 잘 있는지 확인하고 싶어서 그것을 꺼내서 확인하다가 손에 들고 잠이 들었다.

"데브엘 님, 스톤을 어서 찾으셔야죠. 그것만 찾으면 힘이 커지실 텐데 왜 머뭇거리십니까?"

"그래야 하는데…. 아주 오래전 그녀를 향한 마음이 나를 괴롭힌다…. 내가 그녀를 가져야 하는데…. 그때도 그놈한테 빼앗기고 또 그럴 순 없지. 그놈은 내 원수다. 미유엘이 지키고 있으니…. 그놈을 없애야겠다."

"네, 당연하신 말씀입니다. 데브엘 님이 갖고 싶은 건 다 가져야 하십니다."

데브엘, 그는 주먹을 쥐며 그의 눈은 빨갛게 타오르고 있었다.

이렇게 꿈을 꾸었다. 스톤을 들고 잤더니 데브엘의 마음을 알게 된 것이다.

난 눈을 뜨고 미유엘을 찾았다. 어디 갔는지 보이지 않았다.

"미유엘! 미유엘!"

그가 어딜 갔었는지 순간이동으로 쌩 하니 내 앞에 나타났다.

"이 아침에 어딜 갔던 거예요?"

"무슨 일이야? 왜 그리 다급하게 날 찾은 거야? 너에게 맛있는 카레를 해 주려고 마트에 갔었어."

"괜찮아요? 어디 다친 데 없어요?"

난 걱정이 되어 그의 몸을 이리저리 살피며 물어보았다.

"응. 괜찮아. 나 괜찮아. 왜 그래? 무슨 일 있었던 거야? 데브엘 그놈이 왔던 거냐?"

"내가 꿈을 꿨어요. 데브엘이 당신을 죽이겠다고 했어요."

난 불안한 나머지 온몸과 손이 바르르 떨리고 손가락을 깨물며 왔다 갔다 했다.

그는 나를 안아 주며 괜찮을 거라고 안심을 시키고 토닥였다.

"당신과 나, 데브엘. 우리 셋은 도대체 무슨 관계예요? 눈빛이 달랐어요. 빨간 눈빛…. 나 무서워요. 당신이 다칠까 봐…."

"스톤이 없으니 그놈은 힘을 많이 쓰지 못해. 걱정 마, 한수민."

그가 나를 안아 주었다. 정말 아무 일 없이 괜찮은 걸까? 불안하다.

며칠 별일 없이 지나니 난 조금 안정이 되었다. 하지만 그래도 문득 신경이 곤두서 있었다. 도서관에 갔다가 집으로 돌아오는 길에 첫눈이 내렸다.

아주 가볍게 살짝 눈이 흩날렸다. 단풍잎이 한참 울긋불긋 물들고 사람들은 여기저기서 사진을 찍어 대며 나무 아래서 풍경을 즐기고 있었다.

'어우, 날씨가 많이 춥네….'

우리 집 앞에 옆집 여자아이가 턱을 괴고 쪼그려 앉아 있었다.

"지수야, 여기서 뭐 하니? 날씨도 추운데."

"이모, 아빠가 계속 안 와요. 배가 고파요."

"아, 그랬구나. 어서 들어와. 춥다."

지수는 고개를 푹 숙이고 말을 했다. 나는 지수를 데리고 우리 집으로 들어왔다. 같이 들어가며 지수의 어깨를 만졌는데 몸이 차가웠다. 많이 추운가 보다 하고 어서 데리고 들어가야겠다고 생각했다.

미유엘이 주방에서 마침 요리를 하고 있었다.

“미유엘 삼촌, 요리해요?”

“응, 그래. 왔니? 근데 네가 내 이름을 어떻게 알지?”

“그때 둘이 이야기하는 거 들어서 알아요.”

지수는 우리 집에 들어와서 이리저리 둘러보았다.

미유엘과 나, 그리고 지수는 식탁에 둘러앉았다.

아름다운 천사는 오므라이스를 멋지게 만들어서 접시에 예쁘게 장식해서 주었다.

지수는 의자에 앉아서 숟가락을 들고 오므라이스를 한 입 먹었다.

“요리 좀 잘하네요? 근데 난 오므라이스 별로예요.”

“지수야. 너 배고프다면서. 어서 좀 먹어 봐.”

내가 걱정스러운 듯이 말했다. 그래도 지수는 듣지 않고 일어났다.

“배가 안 고파요. 맛이 없어서.”

뭔가 좀 이상했다. 지수가 왜 저렇게 말하는지 이해가 되지 않았다. 미유엘도 이상해하는 눈치였다. 우리가 말이 없자 지수가 뭔가 눈치를 챈 듯 다시 말했다.

“아니… 나 밥 먹을래요. 오므라이스, 미유엘 삼촌이 해 줬는데 먹을래요.”

“그래, 어서 먹어. 배고프겠다.”

밥을 또 맛있게 먹는 지수. 다 먹고 나서 지수는 소파에 누웠다.

그리고 잠이 들었다. 나는 지수를 내 방으로 데려와서 침대에 눕혔다.

“나 좀 씻고 나올게요. 근데 지수가 좀 이상한 거 같아요. 무슨 일이 있었나?”

“그러게. 나도 뭔가 좀 이상하다고 느꼈는데.”

우리는 이렇게 서로 얘기를 하고 난 샤워하러 욕실에 들어갔다.

잠시 후 씻고 나와서 내 방으로 갔다. 난 깜짝 놀랐다. 아이가 없어졌다.

그리고 내 방을 여기저기 뒤진 것처럼 어수선하게 되어 있었다.

문득 불안한 마음에 스톤을 숨겨 둔 옷장을 찾아봤는데… 어쩌면 좋을까…. 그렇게도 열심히 지켜 왔던 스톤을 아이가 가져가다니….

“미유엘! 여기 좀 봐요! 큰일 났어요.”

내 다급한 목소리를 듣고 그가 달려왔다. 그는 방을 둘러보더니 말했다.

“이건… 그 아이 짓이 아니야….”

“그럼 누구 짓이란 거죠?”

그는 뭐가 떠올랐는지 갑자기 빠르게 밖으로 뛰어나갔다. 대문 앞에 지수가 쓰러져 있었다. 가쁜 숨을 쉬고 있었다. 우리는 아이를 데리고 들어왔다. 열이 펄펄 끓어올라서 미유엘이 아이를 간호하며 치료하고 있었다.

다행히 미유엘의 치료 덕에 아이는 열이 서서히 내렸다. 숨소리도 차분해졌다.

“도대체 뭐가 아이의 몸에 빙의되었던 걸까? 그자가 스톤을 가져갔을 거야….”

“혹시 데브엘 아니에요? 그 악마가 스톤을 항상 노리고 있었잖아요.”

“뭔가 느낌이 찜찜해. 아닌 거 같단 말이지.”

19

　나는 머릿속에 스톤이 어디로 갔는지 항상 그 고민뿐이었다. 어느날 동아리에서 봉사활동을 갔다가 오는 길에 버스를 탔다. 저녁 시간이 되어 캄캄해졌다. 버스 안에는 퇴근하는 사람들이 우르르 탔다가 또 한꺼번에 우르르 내렸다.

　나는 집이 멀어서 버스를 오래 타야 하기 때문에 제일 뒷좌석에 앉아서 이런저런 생각을 하며 잠깐 졸았다.

　"당신이 내 발을 밟았잖아! 사과 안 해?"

　"내가 언제? 지금 버스에 사람도 몇 명 없는데 내가 당신 발을 왜 밟아?"

　"아니, 이 사람이 진짜. 그럼 내가 거짓말을 한다는 거야?"

　"그렇겠지. 당신이 거짓말하는 거겠지. 괜히 시비 걸고 싶어서. 어디서 기분 안 좋은 일 있었나 봐?"

　시끄러운 소리에 나는 졸다가 깼다. 남자 둘이 버스 안에서 치고받고 싸움이 났다. 사람들이 말렸는데도 둘 다 화가 치밀어 오르는지 멈추지 않았다.

버스 기사가 조용히 하라고 말했는데도 멈추지 않고 계속했다.

버스는 움직이고 있고 안에서 싸우니 그러다가 더 부딪치며 위험할 거 같아서 기사에게 가서 버스를 잠깐 세워 달라고 말했다.

그래서 버스는 정류장에 멈췄다. 나는 가만히 두고 볼 수가 없어서 그들을 말렸다.

사람들은 가까이 가지 못하고 눈치들만 보고 있었다.

"이봐요. 그만들 좀 하세요."

"이거 놔! 말리지 마!"

남자 한 명이 나를 밀쳐서, 버스 안에서 넘어지며 좌석에 부딪혀서 갈비뼈를 다쳤다. 나는 갈비뼈가 너무 아파서 못 일어나고 있었는데 누군가 손을 내밀어 일으켜 주었다.

나는 손을 잡고 일어나서 고맙다고 인사를 했다.

"감사합니다…. 어? 당신은…."

"이봐, 그만들 하지? 여기가 너희들 집 안방이야?"

그는 데브엘이었다. 그는 검은 망토와 검정 선글라스를 쓰고 나타났다.

그가 말을 하자 싸우던 남자들이 싸움을 멈추고 일어났다.

뭔가 그의 눈빛과 분위기에 기가 죽은 듯 보였다.

그들은 일어나서 데브엘에게 죄송하다고 사과를 했다.

"나 말고 여기 여자분한테 사과해야지. 너희들 때문에 다쳤잖아!"

그 둘은 나에게 정중히 사과했다. 그리고 자기들이 치료비를 주겠다며 명함을 주었다. 그리고 버스 안이 잠잠해졌다. 사람들은 데브엘에게 박수를 쳤다.

나는 내릴 때가 되어 버스에서 내렸다. 데브엘도 함께 내려서 나를 따라왔다. 다친 곳이 아파서 숨을 쉬기가 힘들었다.

"이봐요. 날 왜 계속 따라오는 거죠?"

"당신이 다쳤잖아. 그래서 쓰러질까 봐 지켜 주려고."

"왜 그래요? 이건 당신답지 않은 일인데. 혹시⋯. 스톤 가져갔어요?"

"스톤을 가져갔냐고? 아니, 내 스톤을 어디다 둔 거야?"

데브엘의 얼굴을 보니 전혀 모르는 거 같았다. 나는 그냥 얼버무렸다. 하지만 데브엘의 힘이 들어 있는 스톤인 만큼, 그는 스톤의 행방을 알기 위해 계속 질문을 했다. 같이 걸어가는 사이에 어느새 우리 집 앞에 도착했다.

"그만 가 봐요. 나 우리 집 도착했어요."

데브엘은 내 양어깨를 꽉 잡고 본인에게로 몸을 돌렸다.

내 눈이 데브엘과 마주치자 데브엘은 선글라스를 썼어도 힘들어했다.

"당신은 날 볼 수 없을 텐데요."

"내 스톤이 어디 갔는데? 아리엘. 당신이 지키고 있었어야지."

"몰라요. 없어졌어요. 우리도 찾고 있는 중이에요. 그리고 난 아리엘이 아니에요. 난 한수민이라고요."

"이거 왜 이래. 다 기억나서 알고 있으면서⋯. 난 하늘에서 천사 수련을 할 때부터 당신을 마음에 품고 있었어. 미유엘 그 자식한테 뺏겨서 얼마나 억울했는데. 당신은 내 여인이라고. 당신을 제대로 보고 만지는 게 내 소원이야."

나는 그가 애처로워 보였다. 그는 나를 만지며 힘들어하고 내 눈을 보며 고통스러워하면서도 기뻐했다. 악마의 사랑이란 이런 것일까?

어느 순간 미유엘이 나타났다. 그리고 그에게서 나를 떼어 놓았다.

"허허, 데브엘. 이게 지금 무슨 수작이냐?"

"넌 또 방해를 하는구나. 이런 지긋지긋한…. 원래부터 아리엘은 내 여인이었다. 미유엘 네가 빼앗아 간 거야. 이제야 만났는데 방해하지 마라. 난 이 여인을 가져 보지 못한 게 한이 되어 널 무너뜨린 건데, 이렇게 수호자로 내려와서 또 아리엘을 만나다니…."

내가 듣기에 데브엘의 이야기는 절규에 가까웠다.

미유엘은 칼을 꺼내 들어서 그를 공격하려고 했다.

"안 돼요, 미유엘! 그냥… 보내 줘요. 아!"

나는 그렇게 말하고 바닥에 털썩 쓰러졌다. 다친 갈비뼈가 너무 아픈 나머지 말을 잇지 못했다.

"수민아. 괜찮니? 어디가 아픈 거야?"

데브엘이 손을 잡으려 하자 미유엘이 막아섰다. 그리고 나를 양손으로 들어 올렸다.

"나의 아리엘…. 많이 아프구나…."

데브엘은 걱정하는 듯 보였다.

"휴… 그만 가요."

나를 안아 든 미유엘은 뒤돌아서 집으로 들어갔다.

20

데브엘은 수민과 미유엘의 뒷모습을 보며 주먹을 불끈 쥐었다.

'내 스톤을 누가 가져간 거지? 감히 내 것을.'

그는 곧장 자신의 아지트로 갔다. 그는 미유엘과 수민이 사는 집 근처로 아지트를 옮겼다. 수민의 옆에 있고 싶어서였다.

그의 부하 몇 명이 집을 지키고 있었다. 집은 겨우 작은 불빛 몇 개만 있고 커다란 조명은 없었다. 그의 충신 사비엘은 요즘 잘 보이지 않았다.

"사비엘, 이 자식은 어디 간 거야? 요즘 통 보이질 않는구나. 그리고 왜 너희들밖에 없어? 나머지 애들은 골프 치러 갔냐?"

"아마 그런 거 같습니다."

"내 스톤이 사라졌단다. 도대체 어느 놈의 손에 들어간 거야?"

그가 화를 내자 부하들은 무서운 듯 고개를 숙이고 있었다.

데브엘은 느낌이 뭔가 이상했다. 부하가 꽤 많았는데 몇 명밖에 보이지 않았다. 사비엘이 골프를 좋아해서 같이 갔나 생각했지만, 오늘따라 그는 날카로웠다.

그의 충신 사비엘은 술과 여자 그리고 골프 등 사치스러운 것들을 좋아했다. 밤늦게서야 사비엘은 들어왔다.

"이놈, 사비엘! 넌 뭐 하러 다니는 게냐? 내 스톤이 없어졌다! 아리엘이 지키고 있는 줄 알았는데, 또 어떤 놈이 훔쳐 간 거야!"

데브엘은 이렇게 말하며 사비엘의 뺨을 때렸다.

그런데 그는 꿈쩍도 안 했다. 평소라면 데브엘에게 맞았을 때 쓰러지는 게 맞는데 그는 굳건히 버티고 있었다. 그리고 데브엘을 노려보았다.

"아니, 이놈 봐라. 감히 나한테 눈을 부릅뜨고…."

다시 때리려고 손을 들자 그가 데브엘의 손목을 잡았다.

데브엘은 순간 감지했다. 이건 사비엘의 힘이 아니라는 것을.

"허허, 데브엘 님. 나한테 함부로 하지 말란 말입니다. 나 이제 예전의 찌질이 사비엘이 아니라고요!"

데브엘은 그의 힘에 밀려서 쓰러졌다. 그리고 그는 느꼈다. 그의 눈에 데브엘의 스톤의 힘이 들어가 있는 것을.

그 시각, 미유엘은 숨쉬기 힘들어하는 수민을 침대에 눕혀서 상체를 살짝 올려 주었다.

"나 병원… 가야 되는 거… 아니에요? 아파요…."

"갈비뼈를 많이 다쳤구나…."

그는 가만히 눈을 감고 수민의 손을 잡더니 말했다.

"버스 타고 오다가 무슨 일이 있었던 거야? 거기에 데브엘이 왜…?"

"나도…. 몰라요. 갑자기 나타나서…."

"휴, 내가 갔어야 했는데 감지를 못 했구나. 데브엘이 막고 있었던 걸까? 병원 안 가도 내가 치료해 줄게. 날 믿어 봐. 힘들면 말하지 말고.”

수민은 고개를 끄덕였다. 그의 치료가 시작되었다.

그는 밤새 수민의 곁을 지키며 에너지로 치료를 했다.

다음날 일어나 보니 수민은 몸이 가벼워진 것을 느꼈다. 그는 에너지를 많이 소진했는지 수민이의 무릎에 기대어 잠들어 있었다.

그녀는 일어나서 살금살금 천천히 그에게 이불을 덮어 주었다.

아주 먼 생애의 일들이 다 떠오르면서 그녀는 전생을 기억해 내게 되었다. 그녀의 마음도 미유엘에게 있었다. 서로의 마음을 아직 완전히 나누지 못한 채 있었을 뿐이다. 그녀는 항상 고마웠고 함께 있어서 행복함을 느꼈다.

“고마워요, 나 치료해 줘서.”

이번에는 반대로 수민이 미유엘을 극진히 간호했다.

“배고파. 나 전복죽 먹고 싶어.”

“알았어요.”

그녀는 열심히 전복죽을 끓여서 가져다주고 먹여 주기까지 했다.

“나 다리가 아픈데….”

“그래요? 내가 주물러 줄게요.”

그는 수민이에게 계속 무언가를 요구하고 그녀는 다 받아 주고 있었다.

“음, 나… 힘들어서 너의 에너지를 좀 받아야 될 거 같은데….”

“어떻게요? 안아 줘요?”

“아니, 이렇게.”

그는 그녀에게 갑자기 입을 맞추었다. 그녀는 놀랐지만 순응했다.

그리고 두근거림과 함께 둘의 에너지가 서로 채워지게 되었다.

"이제 된 거 같은데요? 너무 부려먹는 거 아니에요?"

수민이가 이렇게 말하고 얼굴이 빨개져서는 방에서 나갔다.

'사랑스러운 아리엘…. 널 다시 찾아서 기쁘다….'

21

수민은 동네 마트에 다녀오는 길에 어디선가 강아지가 낑낑대는 울음 소리를 들었다.

자꾸 우는 소리가 들려서 그녀는 그쪽으로 가 보았는데 하얀 진돗개 한 마리가 누군가를 기다리듯 그 자리에 앉아서 울고 있었다.

"살아 있는 개가 아니네… 너 왜 여기 있니?"

그 진돗개는 나를 보더니 꼬리를 쳤다. 그녀는 배고픈가 싶어서 장바 구니에서 소시지를 꺼내어 주었다. 그런데 그 백구는 먹지 않고 그 자리 에 가만히 앉아서 골목길을 보며 누군가를 기다리는 듯했다.

그녀는 불쌍해서 같이 가자고 데려가려고 했지만 개는 꿈쩍도 하지 않 았다. 하는 수 없이 먹을 것을 사다가 물이랑 밥그릇이랑 해서 개 앞에 놓아 주고 돌아왔다.

그녀는 집에 오며 머리를 갸우뚱거리고 생각에 잠겼다.

"누군가를 기다리는 게 틀림없어…."

"응? 아리엘. 누가 기다린다는 거야?"

그녀가 말하는 혼잣말을 듣고 미유엘이 대답했다.

"아, 오다가 하얀 진돗개 영혼 한 마리를 봤는데 애가 뭘 먹지도 않고 그 자리에서 누굴 기다리는 거 같더라고요."

"그래? 누굴 기다리는 걸까? 주인을 기다리나?"

"미유엘, 백구 좀 도와줘요…."

그는 그녀의 머리를 쓰다듬었다.

"난 너만 지킨다. 내가 개 한 마리까지 도와줄 만큼 한가하지 않아. 최고신께 기도도 드려야 하고 천상계 가서 보고 드릴 때가 되어서 말이야. 수민아. 그 정도는 너도 할 수 있어. 그 친구가 왜 거기 있는지 알아내는 정도는."

"치, 좀 도와주지…. 난 꼭 백구가 주인을 만나게 해 줘야겠어요."

미유엘은 착하고 오지랖 많은 그녀가 전생의 심성을 그대로 갖고 있는 거 같아서 더 좋았다. 하지만 이번 생은 그때보다 더 업그레이드된 천방지축이라 조금 불안하기도 했다. 그녀는 다시 백구에게로 갔다.

아무것도 먹지 않고 그 자리에서 시무룩하게 골목길을 바라보고 있었다. 아무리 동물이지만 텅 빈 얼굴이었다. 수민이는 깊게 숨을 쉬고 가까이 다가가서 백구의 머리를 쓰다듬으며 눈을 감았다. 그녀의 눈앞에 어떤 장면들이 보였다.

백구와 같이 사는 가족이 보였다. 가족들이 할아버지를 두고 떠나고 할아버지 혼자 백구를 정성스레 키웠는데, 병세가 악화되어 할 수 없이 백구를 이곳에 데려다 놓고 간 모습이었다. 그녀는 그 장면들을 보고 다시 눈을 떴다. 스스로 너무 놀랐다.

"백구야. 너 할아버지랑 살았니? 그 할아버지 기다리는 거였어…."

그 말을 듣고 힘없이 앉아 있던 백구는 갑자기 일어나서 힘차게 멍멍
하고 짖었다.

그리고 꼬리를 흔들었다. 그녀가 본 장면이 맞는 거였다.

"넌 정말 할아버지를 사랑했구나. 기특하기도 하지. 아, 근데 할아버지
를 어디서 찾아야 할까? 얼굴은 기억하는데…. 백구야, 같이 살던 곳으
로 가 보자."

그녀의 말을 알아들었는지 백구는 먼저 뛰어갔다.

백구를 따라간 곳은 그곳에서 30분 정도 떨어진 곳에 있는 작은 주택
이었다.

백구는 길을 안내하면서 계속 뒤를 돌아보며 그녀가 잘 따라오는지 뒤
돌아보고 기다리고 다시 뛰어갔다. 도착한 곳에서 그녀는 초인종을 눌
렀다. 잠시 후 어떤 아주머니가 문을 열었다.

"누구세요?"

"저기, 실례합니다. 혹시 이곳에 하얀색 진돗개를 키우던 할아버지 계
신가요?"

"아, 그 할아버지요? 치매가 와서 요양원에 들어가셨다고 들었어요.
자식들이 한참을 안 오더니 치매 걸렸다는 소식을 듣고서야 왔더라고
요. 그 할아버지 참 좋은 분이었는데 강아지도 어찌나 자식처럼 예뻐하
시던지…."

백구는 옆에서 막 짖어 댔지만, 그 아주머니는 듣지 못했다.

"혹시 어디 계신지 알 수 있을까요?"

"그것까진 모르는데… 근데 무슨 일이에요?"

“아, 누가 그 할아버지를 애타게 찾고 있어서요….”

아주머니는 수민이에게 전에 그 집 아들 명함을 받았다고 그것을 보여 주었다. 그녀는 고맙다는 인사를 전하고 뒤돌아서 갔다.

“백구야! 할아버지 아들 전화번호를 받았으니 찾을 수 있을 거야!”

백구는 기분이 좋은지 낑낑대며 꼬리를 치고 있었다.

그녀도 덩달아 기분이 좋았다. 하지만 아들에게 전화를 걸었는데 세상 까칠하고 잘 알려 주려고 하지 않았다. 백구는 그녀를 애타게 보며 낑낑거렸다.

“최고신이여.”

“어서 오거라. 그 아이를 잘 수호하고 있겠지. 이제 다 알게 되었구나.”

“아리엘과 저를 만나도록 일부러 보내셨습니까? 너무 감사드리옵니다.”

미유엘은 최고신 앞에 무릎을 꿇고 절을 하며 감사 인사를 했다.

“음…. 데브엘과 그들 사이에 분열이 일어났다. 세상을 혼란에 빠뜨리고 인간의 영혼들을 잡아먹은 그들을 난 절대로 용서치 않을 것이다!”

최고신의 목소리는 하늘에 쩌렁쩌렁하게 울려 퍼졌다.

“너희 천사들처럼 세상을 구할 나의 힘을 가진 귀한 빛의 아이이니 잘 수호하거라. 너의 목숨까지도 바칠 각오로 임하거라. 악한 그놈들이 곧 너희를 공격해 올 것이다.”

“네. 맹세하겠습니다.”

갑자기 천둥소리가 요란했다.

“응? 비가 오려나… 왜 천둥이….”

수민이는 백구를 데리고 집으로 향했다. 집에 와 보니 미유엘은 보이지 않고 조용했다.

"백구야 배고프지? 이제 밥 좀 먹어 봐. 할아버지 만날 수 있을 거야."

백구는 꼬리를 치고 짖으며 수민이가 주는 음식을 먹었다.

수민이는 백구의 머리를 쓰다듬으며 잘했다고 칭찬을 했다.

"어? 백구를 데려온 거야?"

미유엘이 갑자기 뽕 하고 나타났지만 그녀는 놀라지도 않았다.

한두 번 겪은 일도 아니었으니 말이다.

"미유엘 당신이 날 도와줘야 해요. 진짜 당신 말대로 내가 백구가 왜 거기 있는지 초능력… 내가 그 초능력으로 알아냈어요! 근데….'

그는 눈이 동그래지고 상기돼서 말하는 수민이가 귀여워서 웃음이 나왔다.

수민이가 겪었던 내용을 이야기하자, 미유엘은 전화기를 들고 명함 속의 그에게 전화를 걸었다.

"당신 누구야! 왜 우리 아버지를 찾는데?"

미유엘은 그 사람의 목소리를 듣고 잠시 생각에 잠겼다가 말을 했다.

"아, 김덕수 씨 명의로 된 200평짜리 땅 있지 않습니까? 그 땅을 저희가 매입 좀 하고 싶어서 말입니다."

"하하, 그래요? 우리 아버지 명의 땅이 있어요? 아이구, 그럼 당장 만나야죠."

전화를 끊은 미유엘은 씩 웃으며 손가락으로 브이를 만들어 보였다.

"우와. 미유엘 지금 뭐 한 거예요? 그 까칠이가 할아버지 있는 곳을 알려 주었네요. 나보다 당신이 더 인간 같아요. 호호호~"

미유엘은 이미 그 남자의 마음을 읽었던 것이다.

백구는 기분이 좋아 보였다. 날이 저물고 어두워져서 내일 찾아가 보기로 했다.

"아버지, 저 왔어요. 어디 아픈 데 없으세요?"

"응. 근데 뉘신지…. 우리 메리는 어디 갔어요?"

요양원에 김덕수 할아버지를 보러 아들이 왔다.

"아빠. 할아버지가 왜 아빠 몰라요?"

그의 아들도 같이 손잡고 들어왔다. 초등학교 5학년 정도 되어 보였다.

"영감님이 메리만 찾으시던데. 강아지 이름인가요?"

요양보호사 한 사람이 아들에게 넌지시 물어보았다.

그는 아들이 자신을 왜 모르냐는 질문에 딴청을 부렸다.

미유엘은 먼저 와서 그 이야기들을 다 듣고 있었다.

"어머나, 저 사람 요양원에 맡기고 몇 년째 한 번도 안 오더니 오늘 웬일이래?"

"그러게요. 그러니까 영감님이 아들을 몰라보고 강아지 이름만 부르지…."

"맞아요. 아무리 치매가 걸렸어도 아들은 기억도 없으신가 봐."

요양보호사들끼리 숙덕거리는 얘기도 미유엘은 듣고 있었다.

조금 있다가 수민이와 백구가 들어왔다.

"아이고. 이거 우리 메리 소리인데. 메리야!"

백구가 짖는 소리에 할아버지는 바로 반응을 보였다. 하지만 할아버지는 백구의 소리를 어떻게 알아듣는 것일까? 백구는 영혼인데 말이다.

수민이는 할아버지의 반응에 깜짝 놀랐다. 누구도 볼 수 없었지만 백구는 안에 들어가서 할아버지에게 달려갔다.

얼굴을 핥고 꼬리를 치며 너무너무 행복해했다.

할아버지는 눈물을 흘렸다. 순간 그의 눈에 메리가 보였다. 얼마나 기다렸던 순간인지 그는 계속해서 메리를 부르며 쓰다듬었다.

"미안하다⋯. 이제야 널 만나는구나⋯. 내가 책임도 못 지고⋯ 보고 싶었단다⋯ 흑흑⋯."

"아버지, 정신 차려 봐요. 땅이 있다면서. 그 땅 어디예요? 치매 보험 든 거 그거 겨우 2천 받았어요. 그러니까 땅이라도 팔아서 나 좀 먹고살게 어딘지 말해 봐요."

그는 자신의 아버지가 허공에 대고 울면서 혼잣말을 하는 모습을 보면서도 그런 것에는 관심도 없어 보였다.

수민이와 미유엘은 멀찍이서 둘의 재회를 한참 동안 지켜보았다.

할아버지가 눈물을 흘리자 백구가 할아버지의 눈물을 핥아 주었다. 괜찮다고 울지 말라고 하는 표현이었다.

"아빠, 할아버지 왜 그래요? 슬퍼 보여요."

"응. 아프셔서 그런 거야."

"근데 왜 난 할아버지 보고 싶은데 아빠는 할아버지 계속 보러 못 가게 했어요? 아빠의 아빠잖아요."

그는 아들의 말에 진땀을 흘렸다.

"아빠가 그랬나? 지금 왔잖아."

이 대화 내용을 듣고 병원 직원들은 그를 흘겨보았다.

수민은 할아버지와 백구를 보며 너무 감동해서 보며 훌쩍거렸다.

순간 노인에게서 하얀 연기 같은 것이 머리 위로 피어오르고 있었다.

"어? 미유엘… 저 할아버지 곧 떠나실 거 같아요…."

"그래. 이제 해결된 거 같다. 저 노인은 곧 백구랑 만날 거야. 그만 가자."

다음날 할아버지는 세상을 떠났다. 바람이 몹시 불어 낙엽이 우수수 떨어지고 스산한 느낌이 드는 그런 날이었다. 아들은 그 땅이 어디냐고 마음속으로 물어보려 해도 이제 아버지는 대답이 없었다.

"엉엉… 할아버지…. 이제 정말 못 보는 거예요?"

어린아이는 할아버지가 그리웠는지 돌아가시자 눈물을 흘렸다. 그리고 노인의 아들은 어린 아들에게 부끄러운지 더 이상 묻지 않았다. 이번 일로 자신의 아들에게 본보기가 잘 되어 줘야겠다는 반성을 하게 된 것이다.

22

어둠이 내려앉은 밤에 환한 보름달이 세상을 비추고 있었다.

수민이는 달을 가만히 올려다보고 있었다.

휘잉, 바람이 좀 차가웠다. 기침이 자꾸 나왔다.

"콜록콜록….."

수민이가 기침을 하는데 그녀의 뒤에서 누가 어깨에 담요를 덮어주며 끌어안았다.

놀랐지만 그녀는 누군지 알기에 그대로 가만히 있었다.

너무 포근했다. 몸이 녹아내리는 것만 같았다, 기침 소리를 듣고 그가 담요를 가지고 나온 것이다.

"바람이 찬데 왜 나와 있는 거야?"

"그냥요…. 달님이 너무 예뻐서 보고 있어요. 사건을 해결할 때마다 뿌 듯해요. 이게 체질인가 봐요. 호호~"

"어서 들어가요, 공주님. 바람이 너무 차요. 감기 걸려요."

집으로 들어와서 각자 방으로 들어갔는데 수민이는 잠이 오질 않았다.

베개를 가지고 나와서 소파에 누워 TV를 켰다. 그녀는 그러다가 잠이 들었다.

꿈을 꾸었는데 데브엘의 모습이 보였다.

그가 어떤 감옥에 갇혀 있었다. 그리고 꺼내 달라고 울부짖는 모습이었다. 불쌍하고 가여워 보였다.

"데브엘!"

그녀는 그 이름을 부르며 잠에서 깼다. 베개를 들고 그녀는 미유엘의 방으로 갔다.

그가 잠들어 있는 침대에 살며시 옆으로 누웠다.

"무서운 꿈 꿨구나. 이리 와…. 아니면 내가 그리웠나?"

언제 깼는지 미유엘은 그녀를 보고 있었다.

그녀는 깜짝 놀랐다. 뭔가 들킨 거 같은 기분이었다.

"당신은 아리엘이잖아. 영혼이 날 원하는 거야."

"아니, 뭐…. 꼭 그렇다기보다는…. 그냥 잠이 안 와서. 아휴, 그냥 빨리 자요."

미유엘은 웃으며 그녀를 안고 그렇게 잠이 들었다.

날이 밝아오고 그녀는 잠에서 깼다.

그가 앞치마를 두르고 아침을 준비하고 있었다.

"어머, 이건 드라마에서 남자 주인공이 여자 주인공을 위해 아침밥을 짓는 장면? 호호."

"어서 앉으세요. 공주님."

그녀는 공주 대접을 받으니 기분이 좋았다.

"근데요, 미유엘. 데브엘한테 무슨 일이 있는 거 같아요. 그가 왜 감옥에 있죠? 꿈에 봤어요…. 그가 괴로워하고 있었어요."

미유엘은 수민의 꿈 얘기를 듣고 최고신이 한 말이 생각이 났다.

'그들 내부에 분열이 있는 게 분명해.'

한편 데브엘은 그의 심복에게 배신을 당해 철창신세를 지고 있었다. 수민의 꿈에 본 그대로 그는 갇히는 신세가 되었다.

그는 사비엘이 잠깐 나간 사이에 그의 까마귀를 불렀다. 감옥을 지키는 부하가 잠든 사이에 까마귀가 감옥 열쇠를 몰래 빼내 와서 문을 열고 그는 나오게 되었다.

"하하, 아주 잘했어. 그다음엔 내 스톤을 그놈에게서 찾아와야 한다."

까마귀는 밖으로 날아갔다.

'까악 까악'

그가 감옥에서 나오자 부하가 잠에서 깨서 그를 보고는 눈이 동그래졌다.

"데브엘님…. 저도 어쩔 수 없었습니다."

"나를 배신한 놈들은 필요 없다."

데브엘은 그를 맨손으로 쓰러뜨렸다.

사비엘은 도박판에 가서 매일 사람을 죽이고 돈을 빼앗아서 그 돈을 탕진하고 비싼 술을 마셨다. 그의 힘으로는 어림도 없지만, 데브엘의 스톤이 있어서 힘을 자유자재로 쓰니 그를 이길 자가 아무도 없었다. 그가 사치스러운 생활을 좋아하긴 했지만 스톤의 힘을 갖고서 그는 더 사치를 부리고 더 악랄해졌다.

데브엘의 스톤은 어둠의 힘이 너무 강해서 악한 자를 파멸로 가게 만드는 힘이 있었다. 그는 자기 자신도 제어를 할 수가 없었다.

"술을 더 가져와라!"

"어머, 오빠 너무 취했어요. 그만 드셔야 될 거 같은데요…."

유흥주점 여직원이 눈치를 보며 그에게 말했다.

"돈 여기 있잖아! 가져오라면 더 가져오지, 무슨 말이 그렇게 많아?"

그는 많이 취해 있었다. 지폐를 뿌리면서 난동을 부리자 그를 말릴 사람이 없었다. 여직원들은 그가 뿌린 지폐를 줍느라 정신이 없었다.

그는 가져온 술을 더 마시고는 비틀거리며 화장실로 갔다. 아무도 없는 걸 확인하고 주머니에서 무언가를 꺼냈다.

"하하하…. 네가 날 아주 강하게 만들어 주니 난 너무 좋다. 스톤아. 그깟 데브엘이 어둠의 제왕이 된다고? 쳇, 이 스톤 없으면 너는 아무것도 아니야. 피라미 주제에…. 내가 어둠의 제왕이다. 푸하하…."

데브엘의 스톤이었다. 그는 취해서 그 스톤을 들고 화장실 안에서 스르르 잠이 들어 버렸다. 얼마나 잤는지 그는 갑자기 차갑고 무거운 느낌에 잠에서 깼다.

그가 눈을 뜨니 온몸에 쇠사슬이 감겨 있었다.

그리고 데브엘이 눈앞에서 그를 노려보고 있었고, 까마귀가 그의 어깨에 있었다.

"이제 정신이 드나 보구나, 사비엘?"

"이… 이게 어떻게 된 거지? 데브엘, 무슨 짓이냐? 당장 풀어라. 내 스톤…."

“아직 상황 파악이 안 되나 보군. 네가 감히 내 스톤을 훔쳐가다니! 그게 어찌 네 것이냐? 넌 내 스톤이 있어도 제대로 쓰지도 못하고 스스로 파멸할 것이었다!”

데브엘의 손에 스톤이 있었다. 그제야 알게 된 사비엘은 두려워졌다.

“데브엘 님…. 한 번만 살려 주십쇼…. 제가 잠시 눈이 멀어서 그만….”

그는 무릎을 꿇고 울먹이며 간곡히 말을 했다.

“살려 달라고? 넌 내 스톤을 훔쳐 간 것도 모자라서 날 감옥에 가두었다!”

“제가 죽을죄를 지었습니다. 데브엘 님, 충성하겠습니다. 한 번만 용서해 주십시오.”

다른 부하들은 데브엘이 두려워서 모두 숨죽이고 있었다.

“배신자는 절대 용서하지 않는다. 너희들 모두 잘 보거라.”

그는 사비엘을 양손으로 들고 손으로 짓눌렀다. 그의 몸이 산산이 찢겨 나갔다.

그리고 남은 그의 영혼을 꿀꺽 삼켜 버렸다.

부하들은 모두 고개를 숙이고 그를 숭배했다.

“데브엘 님 만세! 충성하겠습니다.”

“하하하! 드디어 나의 스톤을 찾았다! 이제 나의 그녀를 데리러 간다.”

한편 수민이는 부엌에서 물을 마시려고 컵을 들다가 떨어뜨려서 유리컵이 깨져 버렸다. 그녀는 그것을 치운다고 손으로 유리 조각을 집어 들었는데 손을 베었다.

“아야!”

미유엘이 재빠르게 달려와서 지혈을 하고 치료했다.

"이런, 많이 베였구나. 음… 데브엘이 스톤을 찾은 거 같다."

"그래요? 뭔가 느낌이 안 좋아요."

그는 수민이를 갑자기 확 끌어당겨서 말했다.

"한수민. 혼자 어디 가지 마. 그놈이 널 데려가려고 할 거야. 무조건 내 옆에 있어. 절대로 혼자 다녀선 안 돼."

그의 눈은 수민을 보며 걱정스러워하며 결의를 다지는 듯 그렇게 보였다.

"알았어요… 약속할게요."

수민은 그의 눈을 보니 가까이서 보니 심장이 콩닥콩닥 뛰었다.

"미유엘… 당신 옆에 꼭 붙어 있을게요. 걱정 말아요."

그녀는 전생의 애틋했던 기억이 떠오르며 그를 와락 안았다.

미유엘 역시 같은 마음이었다.

'다신 널 놓치지 않을 거야. 아리엘.'

다음날, 비가 오려는 건지 흐리고 하늘이 어두웠다.

"아이고, 날씨가 흐려서 그런지 찌뿌둥하네."

"하하. 늙은이처럼 그런 말은 어디서 배운 거야?"

미유엘은 수민의 흉내에 크게 웃었다.

까마귀가 그들의 집 앞 큰 나무에 앉아서 울어대는 소리가 들렸다. 바람이 불어 스산하더니 비가 내리기 시작했다.

"저 까마귀, 뭔가 기분 나빠요."

미유엘은 밖으로 나가서 까마귀를 쫓아 버렸다.

“염탐하러 온 거야. 그놈의 까마귀임에 틀림없어.”

“누구요? 그놈이 누군데요?”

“아, 아니야. 우리 오랜만에 맛있는 거 해 먹자.”

미유엘은 수민이를 보호하기 위해 데브엘의 까마귀인 것을 말하지 않았다. 그는 부엌으로 가더니 장을 봐온 것들 중에 소고기 덩어리를 꺼냈다.

프라이팬에 올리브유를 살짝 두르고 고깃덩어리를 둘로 나누어서 스테이크를 구웠다.

‘치이익~’

“우와, 맛있겠어요. 당신은 요리 솜씨가 좋아요.”

그리고 그는 접시에 멋지게 담아서 수민에게 가져다주고 먹기 좋게 썰어 주기도 했다. 해맑게 웃으며 맛있다고 먹는 그녀를 보며 미유엘은 마음을 다잡았다.

그날 밤, 수민은 먼저 잠이 들었고 미유엘은 거실에서 자면서 그녀를 지켰다.

스으윽. 어디선가 검은 연기가 현관문 틈으로 들어왔다.

그 연기는 거실을 거쳐서 수민이 있는 방문 틈으로 새어 들어갔다.

미유엘은 뭔가를 느끼고 눈을 떴다. 검은 연기가 수민이가 있는 방문 틈으로 들어가는 것을 보고 칼을 꺼내 들었다. 방문을 열었더니 그 연기가 잠든 그녀를 감싸고 있었다. 미유엘은 검으로 연기의 꼬리 부분을 칼로 베었다.

연기는 더 이상 뭔가를 진행하지 않고 정체되어 있었다.

"수민아! 일어나!"

그녀는 이상한 느낌에 눈을 떴다. 자신의 몸을 감싸고 있는 검은 연기를 보고는 놀라서 소리를 질렀다.

그 순간, 그녀의 몸에서 눈부신 빛이 뿜어져 나왔다. 그 빛이 오히려 검은 연기를 집어삼키고 있었다.

빛이 검은 연기를 삼키고 나서 고요해졌다.

"미유엘, 나 방금… 뭐 한 거죠? 그 검은 연기는 뭐예요?"

그녀는 이렇게 말하며 기진맥진해서 픽 쓰러졌다.

"수민아! 한수민!"

도박판에서 돈을 다 날리고 허무하게 나오는 희철이.

어딘가에 전화를 걸었다.

"현수야, 나야. 500만 빌려주라. 금방 갚을게. 여보세요? 여보세요?"

친구들도 모두 그를 손절하고 있었다.

"아오, 진짜 500 그까짓 거 금방 버는데."

"돈이 필요해? 내가 빌려 줄까?"

귀티 나는 까만 정장을 입고 나타난 남자가 그에게 말을 했다.

"누구신데 저한테 돈을 빌려 준다고… 그러세요?"

그는 주머니에서 돈뭉치를 꺼내서 보여 주었다.

"이 돈 필요 없어? 내가 빌려 줄게. 아니, 그냥 줄게."

"그냥 준다고요? 정말인가요?"

"대신 날 따라와서 간단한 일만 하면 돼."

"그게 뭔데요? 할게요. 그냥 주신다면 저는 너무 좋으니까요."

그는 그를 따라서 걸어갔다. 검은색 고급 차가 기다리고 있었다.

희철이는 고급 차를 보고는 감탄하며 차에 올라탔다.

차를 타고 한참 가서 멈춘 곳은 어떤 인적이 드문 멋진 건물이었다. 건물 안으로 들어가니 캄캄한 동굴 같았다.

“어서 오세요. 식사를 준비했습니다. 맛있게 드십시오. 그리고 필요하신 돈은 여기 있습니다.”

고급스러운 식탁에 맛있는 음식과 돈뭉치가 들어있는 가방이 있었다. 그는 가방을 한 손으로 챙기고 배가 고픈지 정신없이 음식을 먹었다.

“아, 배불러…. 근데 왜 이렇게 졸리지?”

그는 배부르게 음식을 먹고 기절하듯 잠이 들었다.

“허허. 어리석은 놈…. 너 스스로를 탓해라.”

데브엘이었다. 그는 잠들어 있는 그의 영혼을 강제로 꺼내어 꿀꺽 삼켰다.

잠시 후, 까마귀들이 많이 날아 들어왔다.

“깨끗하게 먹어치워라.”

그리고 그들 일행은 요새로 돌아왔다.

“허허. 나의 아리엘. 실력이 보통이 아니군….”

데브엘은 자신의 부하를 연기로 만들어서 그녀를 데려오라고 보낸 것이다.

“데브엘 님. 그 아리엘 님이 빛의 아이 아닙니까. 저희는 감당해 낼 수가 없습니다.”

“그래, 너희 같은 똘마니들은 어림도 없지…. 난 이제 힘을 거의 충전했고 인간의 영혼을 다 먹으면 난 완벽해진다. 어둠의 제왕이 되어 아리엘과 미유엘을 대적할 수가 있다.”

그는 큰 소리로 웃으며 주먹을 불끈 쥐었다.

그의 눈동자는 점점 빨갛게 이글거리고 있었다.

23

　수민은 꿈에 그의 빨간 그 눈과 세상이 불타고 어둠에 잠기는 모습을 보았다.

　그녀는 눈을 비비며 일어났다. 미유엘이 침대 옆에서 졸고 있었다.

　"하여간…. 인간이야, 천사야?"

　"나? 천사 님이지…. 일어난 거야? 괜찮니?"

　"귀는 엄청 밝아요. 근데 나 어젯밤에 어떻게 된 거예요? 나한테 막 뭔가 눈부시고 뜨거운 레이저가 나왔던 거 같은데. 난 인간인데 왜…. 그리고 데브엘의 빨간 눈과 어둠의 세상을 꿈에 봤어요."

　"하… 그랬구나. 어제 그건 원래 네가 갖고 있는 빛이야. 우리만큼이나 넌 강해. 어제 검은 연기는 데브엘이 보낸 거고, 똘마니들이라 널 못 이긴다. 귀중한 널 최고신께서 많이 아끼신다."

　그녀는 전생에 천사일 때 죄를 짓고 쫓겨났는데 최고신이 아끼신다니 부끄러웠다. 그리고 그때는 초능력이나 그런 힘이 있는 걸 알고 있지만, 지금은 인간인데 힘이 있다니 믿기지 않았다.

미유엘은 문제가 생겼다고 했다. 데브엘이 또 사람의 영혼을 먹고 있고 어둠의 제왕과의 전쟁이 얼마 안 남았다고 한다. 그는 이제 더 이상 그녀에게 애정을 구걸하던 데브엘이 아니었다.

"미유엘. 내가 데브엘을 찾아가서 설득해 볼까요?"

"안 돼. 그건 절대 안 될 말이야. 그런 생각은 꿈도 꾸지 마라."

그녀는 입을 다물었다.

비가 추적추적 내리는 날이었다.

"아이고 이놈아. 안 된다. 이게 전 재산이야. 지금까지 네가 가져간 돈도 벌써 3억이 넘는다."

어떤 산골 마을. 할머니가 통장을 가슴에 안고 자신의 아들과 싸우고 있었다.

"어머니. 나 마지막으로 한 번만 도와줘요. 이번은 실패 안 해요. 나 안 그럼 감옥 가야 한단 말이에요!"

"네가 알아서 하거라. 더 이상은 나도 도와줄 수 없다!"

통장을 사수하려고 할머니는 필사적으로 버텼다. 아들은 도박에 폭행에 계속 사고를 쳐서 합의금으로 돈을 날리고 있었다. 이번엔 또 누군가를 폭행해서 합의금 때문에 전에 그래 왔던 것처럼 어머니에게 돈을 받으려고 온 것이다.

그의 어머니가 아무리 막아섰지만 아들 힘에 당해낼 수가 없었다.

"어머니. 어차피 돌아가실 때 가져가실 거 아니잖아요! 나한테 주세요."

결국은 아들은 어머니를 세게 밀치고 통장을 빼앗았다.

'퍽'

아들의 어머니는 하필 가구 모서리에 머리를 심하게 부딪쳐서 쓰러졌다. 피가 새어 나왔다. 아들은 순간 겁이 났다.

"어, 어머니…!"

"형… 구야…. 병… 원… 에…."

어머니는 마지막 있는 힘을 다해 손을 뻗으며 아들 이름을 불렀다. 그는 순간 많은 생각이 들었다. 하지만 아들은 지금 돈이 필요했다. 아들은 끝내 뒷걸음질 치며 통장을 챙겨서 밖으로 나와 버렸다. 어두운 거리를 비를 맞으며 마구 뛰어갔다.

그는 앞만 보고 막 뛰어갔는데 어느덧 마을 뒷산이었다. 갑자기 검은색 고급 차가 그의 앞에 섰다.

우산을 쓰고 정장을 입은 남자가 차에서 내렸다.

"김형구 님? 저희 회장님께서 당신을 기다리십니다. 어서 타시죠."

"네? 저를 누가 기다려요?"

"저희 회장님이 기다리십니다. 가 보시면 알 테죠."

그는 뭔가 고급스럽고 정중한 분위기에 압도되어 그 차에 올라탔다. 아주 큰 건물에 그는 남자를 따라 들어갔다.

"옷이 젖었으니 이 옷으로 갈아입으세요."

그는 뭔가 대접받는 기분이었고 회장님이 기다린다고 하니 뭔가 기대감에 부풀어 올랐다. 준비해 준 옷도 비싼 옷 같아 보였다.

옷을 갈아입고 나와서 또 안내를 받고 들어가니 큰 식탁에 여러 가지 고급 음식들이 분위기 좋게 차려져 있었다. 남자는 의자를 직접 빼 주고 그에게 앉도록 하였다.

"맛있게 드십시오. 저희 회장님이 김형구 님을 위해 준비하셨습니다."

"와, 저를 어떻게 아시고 이렇게 음식을…. 그 회장님은 어디 계신가요?"

"외출하셨다가 오고 계십니다. 먼저 음식을 드시고 계시면 오실 것입니다."

그는 그의 말을 듣고 음식을 먹었다. 평생 어디서도 먹어 보지 못한 음식들이 많았고 너무 기분이 좋았다. 아까 어머니와의 일은 까마득히 그의 기억 속에 잊히고 있었다.

음식을 다 먹을 때쯤 정장을 입고 중절모를 눌러쓴 남자가 들어왔다.

'저 사람이 회장일까?'

그가 들어오자 나머지 사람들은 모두 자리를 비켜 주었다.

"김형구 씨?"

"네, 회장님. 저를 이렇게 초대해 주시고 대접해 주셔서 감사합니다."

그는 갑자기 어지러움을 느끼고 잠이 쏟아졌다.

"하하, 아닙니다. 이 시간을 즐기십시오. 근데 어머님은 잘 계십니까?"

"아… 어머니요….'

그는 잠이 쏟아지며 어머니와 있었던 일들이 기억이 났다. 눈가에 눈물이 맺혔다.

그러다가 깊은 잠에 빠져 버렸다.

"하하. 네가 한 잘못 그 벌 받는 거야. 네 어머니 네가 죽였잖아."

그는 그가 깊이 잠이 들자 혼자 이렇게 말하고는 또 그의 영혼을 쏙 빼내어 삼켜 버렸다. 그리고 잠시 후에 그가 휘파람이 불자 까마귀 떼들이 와서 그에게 모여들었다. 데브엘은 밖으로 나가며 옷을 털었다.

"이제 한 명 남았다! 나는 이제 어둠의 제왕이 된다! 음하하하~"

24

미유엘은 천상으로부터 최고신의 부름을 받아 올라갔다.

"최고신이여, 부르셨습니까?"

"그놈이 힘을 거의 되찾았다. 이제 세상에 어둠이 찾아올 텐데, 넌 준비가 되었느냐?"

"네. 목숨을 바쳐 그놈을 물리치고 아리엘을 지킬 준비가 되었습니다."

"그래. 너를 믿는다."

최고신은 그에게 어떤 검을 내어 주었다.

"이것으로 그의 심장을 찔러라. 그러면 이 우주에서 그놈은 영혼까지도 산산이 부서져 가루가 되어 사라질 것이다. 하지만 쉽지 않을 것이다. 각오 단단히 하여라."

"네, 영광입니다. 저에게 이 검을 주시다니요…."

최고신이 내어 준 검은 자신의 영혼까지도 바칠 각오가 되어 있는 전사에게만 주는 전설의 검이었다. 그는 그 검을 받아 들어서 꺼내어 보았다.

무게가 꽤 무거웠고 날이 예리하게 서 있으며 보랏빛이 감돌았다. 전설의 검을 받다니 정말 그는 감격했다. 최고신께 인정을 받는 기분이었다.

"요즘 뉴스에 실종 사건이 연이어 일어나는데 흔적도 없대요. CCTV도 다 삭제되고…."

"그래? 이놈이 이제 고단수가 되었네."

"데브엘 짓이죠? 감이 오네요. 이제 어떻게 해요?"

"어떡하긴… 싸워서 완전히 부숴 버려야지. 넌 나서지 마."

"왜 그래요? 나 싸움 잘해요. 갑자기 왜 잘하는지 나도 모르지만."

사실 그녀는 전생의 기억이 돌아오고부터 이상한 힘이 생겼다.

혼자 무협 영화를 보다가 무림고수 흉내를 내는데 자신도 모르게 따라 하고 있었다.

몸이 당연히 기억하는 것처럼. 그리고 칼싸움하는 장면을 보면 주방에 있는 도구로 따라 하는데, 스스로 감탄을 하며 따라 했다.

미유엘도 사실 그 장면을 봤지만 그녀가 다칠까 봐 걱정이 되어 이 전투에 참여시키고 싶지 않은 마음이었다.

실제로 며칠 전에 있었던 일이다. 그녀가 동네 마트에 다녀오는 길에 어떤 장면을 보고 몹시 화가 나서 괴력을 발휘했다.

"에잇, 귀찮아. 더 이상 못 키우겠네. 저리 가!"

그녀가 길을 가다가 어떤 남자의 목소리를 들었다.

고양이가 앙칼지게 우는 소리가 들렸다. 그가 고양이에게 발길질을 했다.

소리 나는 방향은 동네 골목에 있는 2층 집 남자의 목소리였다. 그는 그렇게 짜증을 내더니 갑자기 고양이를 들고 아래로 던지려고 하는 장면을 그녀가 딱 목격했다.

"어? 아저씨! 뭐 하는 거예요? 안 돼요! 던지지 마요!"

"넌 뭐야? 내 고양이 내 맘대로 하는데 무슨 상관이야?"

"던지기만 해 봐요! 안 된다고 말했어요!"

"에잇! 귀찮아!"

2층에서 던지는 고양이를 그녀가 잽싸게 뛰어서 받았다.

거의 반 날아가서 받아낸 것이다. 이 놀라운 모습을 보고 지나가던 사람들이 박수를 치고 있었다.

"어디 다친 데 없니?"

고양이의 상태가 좋지 않았다. 많이 아픈 모양이다. 울음소리가 너무 작고 힘이 없다. 그동안 못 먹었는지 뼈만 만져졌다.

"아저씨! 어딜 들어가요? 이리 나오시죠."

그는 뭔가 이상했는지 황급히 방으로 들어갔다.

그녀는 2층으로 올라갔다. 너무 화가 나서 참을 수가 없었다.

"아저씨, 당당하면 문 열어!"

그녀가 문을 세게 두드렸다. 문을 열지 않자 문을 부수고 들어갔다.

그는 담배를 피워 물고 있었다. 집 안은 쓰레기로 가득하고 담배꽁초가 수북이 쌓여 있었다. 냄새도 고약해서 있을 수가 없었다.

"아니, 이 여자가 미쳤나? 이거 주거침입이야!"

"어우, 냄새! 내가 주거침입? 아저씨는 동물학대범이잖아."

그 남자는 화가 났는지 욕을 하며 그녀를 밀쳤다.

“야…. 네가 먼저 때린 거다.”

그러고 그녀는 괴력을 발휘해 그를 엄청나게 때렸고 조금 있다가 미유엘이 에너지를 읽고 나타났다.

“이 나쁜 자식아! 내가 던지지 말랬지! 말 못 하는 불쌍한 고양이를 왜 던져? 밥도 안 주고 너만 배부르게 처먹었냐?”

‘퍽퍽퍽퍽’

미유엘이 피투성이인 그를 계속해서 주먹으로 때리고 있는 그녀를 말렸다.

“어허, 그러다 죽겠다. 그만해.”

동네 사람들은 평소에 그가 하는 행동을 알았는지 다들 말리지도 않았다. 오히려 고소한 듯한 얼굴이었다.

미유엘이 와서 말렸기 때문에 거기서 끝이 났다.

경찰서에 갔다 오고 조금 복잡하긴 했지만 주변 사람들의 진술이 커서 그녀는 무사히 나왔다. 고양이는 동물병원에 보내져서 무사히 치료받고 있다.

미유엘은 그날 일을 떠올리며 혼자 웃었다. 불의를 보면 못 참고 달려드는 수민이가 천사였을 때 아리엘의 모습과 너무나 같아서 설레는 마음에 기쁘기도 했다.

25

어느 조그만 원룸. 새벽 1시가 훌쩍 넘은 시간. 어두운 방 안은 술병과 음식 찌꺼기, 과자 부스러기 등 쓰레기로 가득하고 어느 젊은 여자가 컴퓨터를 붙들고 있었다. 책상 하나에 의자 하나. 그리고 이불이 들어있는 이불장, 옷 몇 가지. 방 안에 있는 가구는 그것뿐이었다.

의자에 앉아 컴퓨터 게임을 하는데 며칠 동안 씻지 않아서 그녀의 몸은 엉망이었다. 머리는 헝클어지고 옷은 음식물 찌꺼기가 묻어 있었다. 게임으로 돈을 다 날리고 답답한지 인터넷 뉴스를 서핑했다.

연예인들의 화려한 사진들이 보였다. 그 사진들을 보며 여자는 갑자기 화가 났다.

"아 열받아! 이년은 이렇게 기깔 나게 잘 사는데 왜 난 이 모양이냐고!"

해외여행 가서 찍은 유명 여자 가수의 기사가 보였다. 그녀는 그 여자 연예인의 소셜 계정을 찾아 들어가서 사진들을 보며 댓글을 남겼다.

그전에도 계속 그녀가 남긴 흔적들이 있었는데 모두 악성 댓글이었다.

'야. 나가 죽어라. 돈 쓰고 돌아다니지 말고. 그 돈 있음 나를 줘 봐. 얼굴도 돈 좀 많이 썼겠네.'

'너 같은 건 사라져야 돼. 이 사회에 도움이 안 돼. 돈 많다고 자랑질이냐? 그 얼굴로 무슨 연예인이야? 왜 이렇게 사진을 올려 대는 거야? 짜증 나게.'

그녀는 오늘도 악성 댓글을 쓰고 있었다. 온갖 화풀이를 그곳에서 하고 있었다.

며칠 후 뉴스 기사가 떴다.

「가수 '김한나' 사망. 스스로 목숨 끊어….」

수민은 한참 꿈을 꾸고 있었다.

어느 여자의 집이 보이고 여자는 머리를 양손에 쥔 채 괴로워하더니 밖으로 나갔다.

까만 자동차가 어떤 여자를 태우고 어디론가 가고 있다. 차 안에는 양복 입은 남자들이 앉아 있고 여자는 행색이 엉망이었다. 그리고 차는 산 깊이 들어가더니 어느 건물이 보였다. 차에서 여자가 내리고 데브엘이 보였다. 데브엘은 여자를 보더니 눈이 빨갛게 변했다. 그리고 그 여자를 해치려고 다가가고 있다.

"안 돼!"

그녀는 식은땀을 흘리며 잠에서 깼다. 다시 잠을 청하려니 잠이 오지 않았다. 한참을 뒤척이다가 수민이는 6시에 일어나서 나갈 준비를 했다.

"이 시간에 어딜 가?"

어느새 데브엘이 그녀의 눈앞에 와 있었다.

“아우, 몸이 찌뿌둥해서 아침 운동 좀 하려고요.”

“안 된다. 데브엘이 언제 널 데리러 올지 몰라. 마지막 한 명 남았다는데.”

“마지막 한 명이요? 그럼 그 여자인데.”

“너 꿈꿨구나? 뭘 본 거야?”

“그럼 나랑 같이 가요.”

미유엘과 수민은 아침 일찍 나가서 그 집을 찾으러 다녔다.

꿈이 선명해서 수민은 대충 어디인지 알 수 있었다.

그녀의 집과 그리 멀지 않은 곳이었다.

“이 집이에요. 이 집에서 여자가 나왔어요.”

“괜히 오지랖 부리지 마. 제발 가만히 있어. 난 너만 지키면 된다.”

그런데 몇 시간을 기다려도 나오지 않자 그들은 다시 오기로 하고 돌아갔다.

그녀는 저녁까지 초조하게 기다렸다. 미유엘이 잠시 다른 볼일을 보고 있는 사이 그녀는 미유엘 몰래 빠져나왔다. 밤이 좀 깊어서야 그 집에서 여자가 나왔다.

머리에 모자를 눌러쓰고 트레이닝복을 입은 차림이었다.

꿈에서 본 그 모습이었다. 그녀는 편의점으로 향했다. 수민은 뒤쫓아 갔다. 편의점에서 담배를 사고 나오는 그녀에게 수민이 달려가 다급하게 말했다.

“실례합니다. 검정 자동차를 타지 마세요. 누군가 당신을 해치려고 해요.”

“네? 갑자기 무슨 소리예요?”

잔뜩 예민해져서 까칠한 말투로 그녀는 말을 했다.

"내 말 들어요. 무조건 들어야 해요. 혹시 양복 입은 사람들이 오면 도망쳐요. 따라가서 검정 자동차를 타면 안 돼요."

"뭐야? 무슨 미친 소리야? 저리 비켜요! 피곤하게… 별 미친 여자가 왜 이래….."

그녀는 수민이의 말을 들으려 하지도 않고 돌아서서 갔다.

수민이는 말이 통하지 않자 한숨이 나왔다. 그 여자는 마치 미친 사람을 본 것처럼 혼자 중얼거리며 걸어갔다. 수민은 뒷모습을 보다가 뒤돌아서서 갔다.

그 여자와 점점 멀어진 후 혹시나 해서 다시 뒤를 돌아봤는데, 그 순간 여자는 없고 검정 자동차가 바로 지나갔다. 수민이는 차 번호를 외우고 급하게 택시를 잡아탔다. 그리고 택시로 검정 자동차를 따라갔다.

어느 깊은 산길로 쭉 들어가니 낡은 건물이 하나 있었다.

건물 앞에 그 검정 자동차가 세워져 있었다. 그녀가 내리자 근처에 있던 까마귀 몇 마리가 자리를 피하듯이 날아올랐다.

'휴…. 여기가 데브엘의 아지트구나.'

그녀는 과감하게 용감하게 깊은숨을 한 번 들이쉬고 건물로 들어갔다.

수민이가 건물로 들어간 순간, 양복을 입은 데브엘의 부하들이 가로막았다.

"비켜라! 이놈들, 여기서 뭐 하는 짓이야!"

그녀는 화가 나서 큰 소리로 말했다. 그녀의 눈동자는 보랏빛으로 변했다. 그리고 몸에서 엄청난 빛이 쏟아져 나와 다들 정신을 못 차렸다.

그녀는 허공에 손바닥에서 전기 같은 스파크가 일어나서 손을 대지 않고도 데브엘의 부하들을 모두 쓰러뜨렸다. 그리고 안으로 들어가서 그녀를 찾아다녔다.

한편 끌려온 그녀가 며칠 굶은 사람처럼 음식을 먹고 있었다.

"하하, 음식은 맘에 드시나? 이소진 씨."

"아, 제 이름을 어떻게 아세요?"

"너무 잘 알지. 당신은 아주 유명해. 게임중독에 악성 댓글 쓰는 게 취미인 당신을 내가 왜 모를까?"

데브엘이 나타나 이렇게 말하자 그녀는 식은땀이 흐르고 온몸이 떨렸다.

"콜록콜록. 저… 저를 어… 어떻게 아시는 거죠? 아, 아니에요. 그 여자나 때문에 죽은 거 아니에요! 난 그냥… 난 이렇게 힘든데 연예인들은 너무 화려하게 이쁘게 잘사는 게 부러워서…. 몇 마디 한 것뿐이라고요!"

그녀는 겁에 질린 듯 울먹이면서 말했다. 그런 그녀에게 데브엘은 그녀의 머리카락을 천천히 쓰다듬으며 말했다.

"음…. 놀랄 필요 없어. 너 때문에 그 여자는 스스로 목숨을 끊었지. 아주 잘했어! 난 너의 그런 행동 정말 칭찬해. 그래서 우리가 이렇게 만났지. 하하하!"

큰 식탁에 정말 고급스럽게 차려진 음식들이 가득했다.

그녀는 자꾸 졸음이 쏟아졌다. 눈이 스르르 감기고 있었다.

"흐흐… 어서 잠들거라…. 킁킁, 이게 무슨 냄새지? 어디서 향기가 난다."

"야! 데브엘! 너 여기서 뭐 하냐?"

수민은 문을 벌컥 열고 말을 했다. 데브엘은 예상치 못하게 놀라는 눈치였다. 그래서 아직 잠들지 않은 그녀의 몸에서 영혼을 바로 꺼내려 했다.

"그건 안 되지!"

수민은 아주 빠르게 순간이동으로 잠들려는 그녀에게 가서 그녀를 밖으로 세게 밀었다. 그녀는 수민의 힘에 의해 그 방에서 바깥으로 밀려났다.

수민은 힘을 되찾았다. 전생의 기억은 깨어났지만 힘은 아직 찾지 못했었는데 이 순간 천사였던 그녀의 힘이 돌아왔다. 강력한 빛과 함께.

"이런, 나의 아리엘…. 내가 데리러 가려고 했는데 알아서 날 찾아와 주다니. 이제 완전히 다 되찾았군."

"그래, 맞아. 네가 원하는 게 무엇이냐? 왜 그렇게 어둠의 제왕이 못 되어서 안달이야?"

"내가 원하는 건 어둠의 제왕이 되어 인간과 지구를 지배하는 것이다. 그리고 널 내 아내로 맞이할 것이다. 아리엘. 잘 생각해 봐. 나처럼 착한 악마가 어딨어? 이렇게 고급 음식에 고급 차도 태워 주고 죽이는데. 아리엘! 내 손을 잡아라. 이제 한 명이면 이 지구는 나의 것이 된다."

"내가 왜? 너 내 스타일 전혀 아니거든."

그는 마지막 한 명을 눈앞에서 놓치고 말았다. 하지만 그의 힘은 엄청나게 강해졌다.

이제 그녀에게 대항할 만큼 강해졌다. 하지만 한 가지, 그의 눈은 아직도 그녀를 제대로 보지 못했다. 그래서 재빠르게 선글라스를 착용하며 말했다.

"여기까지 혼자 오다니. 용기가 대단한걸. 역시 내가 사랑했던 나의 아리엘이야."

"허튼소리 집어치워라. 너 오늘 내 손에 죽자."

"난 너와는 싸우고 싶지 않다. 아리엘."

빛과 어둠의 싸움이 시작되었다. 그녀는 마음껏 날아오르고 마음껏 순간이동을 했다.

무기가 없어도 그녀의 손바닥에서는 허리케인 급의 강한 파란빛의 에너지가 나와서 그에게 닿았다. 데브엘은 피하기만 하고 공격을 거의 하지 않았다.

그녀가 쏘아 올린 빛의 무기에 그는 어깨를 다쳤다. 어깨를 다치고 나서 데브엘도 화가 나서 수민에게 빨간빛을 쏘았다. 수민은 데브엘의 공격을 날아다니면서 잘 피했다. 어디선가 갑자기 여자가 나타났다. 타이트한 검은색 운동복을 입고 손에 긴 쇠막대기를 들고 머리는 올백으로 길게 묶은 여자였다. 눈매가 매서워 보이는 여자였다.

"데브엘 님. 괜찮으십니까? 제가 해치우겠습니다."

"미린. 살살 해. 내가 사랑하는 여자다."

"네? 이건 아니지 않습니까? 데브엘 님이 다치셨습니다. 제가 해치울 겁니다."

데브엘이 키운 충성스러운 인간 부하였다. 전사로 키워져서 태권도, 유도, 검도 등 엄청난 실력자였다. 그녀는 인간이었다. 그래서 수민은 고민이 되었다.

미린은 무차별적으로 주먹으로 발차기로, 그리고 무기로 수민을 공격하기 시작했다.

수민은 그녀가 인간이라서 방어만 하고 공격을 하지 않았다. 그러다가 미린의 무기에 등을 맞았다. 그녀는 더 이상 참을 수가 없어서 같이 싸우기로 했다.

"야! 너 정신 차려. 무슨 인간이 악마를 모시고 지랄이야!"

미린과 수민은 서로 팽팽했다. 수민은 맨손으로 싸우다가 손바닥에서 나오는 빛의 허리케인으로 그녀를 벽으로 부딪치게 날려 버렸다. 그녀는 아주 세게 부딪쳐서 쓰러졌지만 다시 또 일어났다. 수민이 힘을 당해 내지 못하는데도 계속해서 쓰러지고 일어나고 쓰러지고 일어나고 만신창이가 되어도 다시 일어났다.

"와, 대단하다…. 애 무슨 오뚝이야? 왜 계속 일어나?"

"아리엘. 내가 인간을 왜 내 전사로 키웠겠어? 그 엄청난 승부 근성을 보고 선택했지. 그래서 잡아먹기 아까워서 키웠지. 미린 넌 역시 내 충신이야."

"야, 너 그러다 죽어. 그만하자. 응?"

수민이는 마지막으로 이렇게 경고했다.

"헉헉헉…. 난 데브엘 님을 지킬 거야…."

미린은 바닥에 또 쓰러져서 더 이상 일어날 힘이 없었다. 하지만 수민이 방심한 사이에 미린은 마지막 힘을 다해 칼을 던졌다.

하필 그 칼이 수민이의 종아리에 박혔다. 수민은 칼을 맞고 바닥에 주저앉았다. 하는 수 없이 수민이는 인간을 해치고 싶지 않았지만 손바닥으로 그녀에게 빛을 쏘았고 그녀는 쓰러졌다.

"데브엘 님…. 제… 영혼을 드세요…. 그리고 어둠의… 제왕이 되세요…."

"미린! 안 돼!"

“어서, 요…. 제… 소원… 입니다….”

데브엘은 가장 아끼는 부하가 죽어서 슬픈 듯 보였고, 죽은 미린의 얼굴을 쓰다듬더니 뭔가 결심한 듯 일어났다.

“데브엘. 안 돼. 그 소원 듣지 마. 제발!”

수민이가 외쳤으나 소용이 없었다. 데브엘은 그녀의 영혼을 즉시 꺼내어 삼켜 버렸다.

그가 일어나서 포효했다. 눈동자가 빨갛게 변하고 몸이 더 크게 벌크업되었다.

손톱이 길고 날카롭게 길어져 나왔다. 이빨도 드라큘라처럼 날카롭게 길어지고 머리에 두 개의 뿔도 생겨났다.

낮이었는데 하늘이 캄캄해지고 태양도 먹구름에 가려져서 빛이 보이지 않았다. 길을 가던 사람들은 이상한 날씨에 다들 하늘을 올려다보았다.

“이런, 올 것이 왔군. 아리엘!”

미유엘은 순간이동으로 수민을 찾아 나타났다.

“언제 이렇게 일을 저지른 거야? 아리엘! 네가 이제 힘을 되찾아서 한 수민이었던 인간의 주파수를 막아 버린 거지. 내가 너무 늦을 뻔했어!”

아리엘은 많이 아파했다. 미유엘은 아리엘의 종아리에 꽂힌 칼을 뽑아 주었고 손수건을 꺼내어 다리를 묶었다.

“크아아항! 이제 이 지구는 나의 것이다. 인간들아. 나에게 복종하라!”

데브엘의 눈동자는 빨갛게 이글이글 타올랐다.

“미유엘, 조심해요. 저놈 진짜 미친 악마가 됐어요.”

“넌 제발 가만히 있어. 싸움에 끼어들지 말고.”

미유엘은 천사의 검을 꺼내 들었다. 둘의 싸움이 시작되었다.

데브엘은 선글라스를 벗어던졌다. 이제 그는 무서울 게 없었다.

미유엘의 눈동자도 보라색으로 빛이 났다.

"아이구, 미유엘. 반갑구나. 이제 넌 날 이기기 힘들 텐데."

데브엘은 자신의 무기 쇠사슬을 꺼내 들었다. 공중에서 한 바퀴 휙 감으며 사슬로 미유엘에게 공격을 퍼부었다.

미유엘도 절대 지지 않고 검으로 공격했다.

둘은 정말 막상막하였다. 사슬이 미유엘의 발목을 묶었다.

미유엘은 한쪽 발목에 사슬이 감겨 공중에 붕 떠서 넘어졌다.

하지만 다시 일어나서 칼로 사슬을 잘라냈다. 둘은 공중에서 싸우고 바닥에서도 서로 싸웠다. 하지만 데브엘은 전과 비교할 수 없을 정도로 힘이 강해져서 미유엘은 또 그의 사슬에 두 다리가 묶여 버렸다.

"미유엘! 일어나요!"

데브엘은 사슬을 잡아당겼다. 미유엘은 검을 놓쳐 버렸다.

미유엘은 바닥에 엎드려서 그의 사슬에 끌려갔다.

아리엘이 급하게 일어나서 몸을 빠르게 회전하며 데브엘에게 빛의 회오리바람으로 공격했다. 이것은 아리엘이 천사일 때 주특기였다.

데브엘은 강한 빛의 바람을 맞고 쓰러졌다. 미유엘이 그 틈을 타서 일어나 놓친 자신의 검을 잡으려고 걸어갔다.

"미유엘⋯."

그녀가 미유엘을 불렀다. 하지만 데브엘은 이내 다시 일어나서 사슬로 그를 휘감고 잡아당겼다. 사슬이 미유엘의 두 팔까지 묶어 버렸다.

"지긋지긋한 너와 나. 여기서 끝을 맺자. 미유엘, 넌 오늘 나한테 죽는다."

그때 갑자기 건물 지붕을 뚫고 여러 가지 색깔의 빛이 데브엘에게 쏟아졌다. 그는 당황한 나머지 사슬을 놓쳤다.

"크헉… 네놈들은…."

어느새 눈앞에 일곱 대천사가 내려와 있었다.

그들이 힘을 모아 그에게 일곱 가지 빛 공격을 쏟아붓고 있었다.

"오, 대천사님들!"

"최고신께서 급히 보내셨다!"

미유엘은 재빨리 일어났다. 데브엘은 일곱 대천사의 공격을 받고 쓰러졌다. 그가 쓰러진 모습을 보고 대천사들은 공격을 멈추었다.

그는 대천사들의 공격으로 몸에 상처가 나고 눈 하나를 실명하게 되었다.

"헉… 내 눈이…. 난 어둠의 제왕이시다. 난 이대로 안 죽는다!"

그는 어느새 일어나서 이상한 주문을 외우는 노래 같은 소리를 내었는데, 그 소리는 정말 천사들을 괴롭게 만들었다. 모두가 귀를 막고 괴로워했다.

하지만 아리엘은 멀쩡했다. 그녀는 반은 인간이었기에.

다들 귀를 막고 괴로워하는 동안 그녀는 일어나서 순간이동으로 데브엘에게 갔다. 그리고 그가 노래하지 못하도록 입과 목에 빛을 쏘아 공격했다.

그의 이상한 노랫소리가 멈췄다. 그는 잠시 쓰러졌지만 그녀는 인질이 되어 버렸다.

"아리엘. 나를 선택한 것이냐? 어서 나의 아내가 되겠다고 약속해라. 그 누구도 이제 날 막을 수 없다."

“쳇, 애꾸눈 주제에…. 내가 왜 너의 아내가 되냐? 이 더럽고 못된 악마 놈아!”

데브엘은 화가 잔뜩 치밀었다. 아리엘은 그의 사슬에 온몸이 묶여 버렸다.

대천사들이 다가가려고 하자 데브엘은 사슬로 아리엘을 더 꽉 조였다. 그녀는 비명을 질렀다.

“나를 공격하면 아리엘은 살아남지 못할 텐데, 하하하!”

“난 괜… 찮아요…. 어서 이 악마를 끝… 내 버려요….”

그녀는 아픔을 꾹 참고 힘을 내어 말했다.

“데브엘 이놈! 최고신께서 널 용서하실 것 같으냐! 그분은 다 보고 계신다!”

대천사 중 한 명이 이렇게 소리를 치며 파란색 빛을 쏘았다.

데브엘은 한쪽 어깨로 빛을 막고 사슬을 더 조였다.

그녀의 온몸은 사슬에 꽉 조여져서 살갗이 터져서 피가 흘러나왔다.

“그만요. 대천사님. 아리엘이 죽겠어요….”

미유엘이 말리자 대천사는 공격을 멈췄다. 이러지도 저러지도 못하게 되어 버렸다.

아리엘은 피를 토하며 바닥에 픽 쓰러졌다. 그녀는 미유엘을 보며 눈앞이 점점 희미해져 갔다. 빛이 꺼져 가고 있었다. 그녀의 눈에서 눈물이 흘렀다.

미유엘은 그녀가 쓰러진 모습을 보고 가슴이 아파 왔다. 미유엘도 눈물이 흘렀다.

“아리엘! 일어나! 정신 차려!”

그가 아리엘에게로 달려가려고 하자 대천사들이 못 가게 붙잡았다. 대천사들도 마음이 아팠지만 어쩔 수 없었다.

그녀는 사슬에 묶인 채로 데브엘에게 질질 끌려가고 있었다.

바닥에는 그녀가 끌려간 자리마다 피가 흥건하게 묻어나고 있었다.

'미유엘… 난 안 될 거 같아요. 우리 다시 만날 수 있겠죠? 날 기억해 주고 지켜 줘서 고마웠어요…. 사랑해요….'

그 순간 하늘에서 갑자기 천둥이 치더니 번개가 데브엘을 때렸다.

데브엘은 번개를 맞고 쓰러지며 사슬을 놓쳤다.

미유엘의 귓가에 최고신의 속삭임이 들려왔다.

'지금이다.'

미유엘의 손에 최고신의 검이 들려져 있었다.

최고신의 귀중한 검은 금빛으로 눈부시게 빛이 났다.

대천사들은 깜짝 놀랐다. 그 검은 오랫동안 숨겨져 있었고 최고신께 큰 공을 세우고 선택받은 천사에게만 주어지는 검이었던 것이다.

대천사들이 아리엘을 빠르게 구해냈다.

"하, 이 노인네…. 날 공격하다니. 나랑 해보자 이거냐?"

데브엘은 이렇게 말하며 비틀거리며 일어났다. 미유엘은 재빠르게 데브엘에게 달려가서 최고신의 검으로 그의 심장을 찔렀다.

"죽어라! 최고신의 벌이다!"

"컥, 이건 최고신의 검…. 이것이… 어떻게… 너한테…."

그는 검에 맞고 바닥에 주저앉으며 검은 피를 토했다. 그의 빨간 눈동자는 불이 꺼졌고 발톱도 사라지고 뿔도 이빨도 사라졌다. 그리고 그는 완전히 쓰러졌다.

"데브엘. 이놈! 인간의 영혼을 먹고 이 세상을 어지럽힌 너의 영혼은 영원히 사라지는 것이 마땅하다!"

최고신의 목소리가 천둥처럼 울려 퍼졌다. 그는 한 줌의 먼지가 되어 날아갔다.

'최고신이여…. 감사합니다….'

아리엘은 바닥에 누워서 이렇게 말하며 눈을 감았다.

그녀의 온몸에 나 있던 상처들은 대천사들에 의해 말끔히 치료되었다.

"너희 둘은 이번에 세상을 구한 공이 아주 크다! 그러므로 생명을 부여하고 소원을 들어주겠다. 지상에서 결혼하여 부부로 살면서 어려운 이들을 돕고 사랑을 전해라. 너희의 반은 인간, 반은 천사로서 초능력은 몇 가지만 살려 둘 것이다. 악마와의 전투의 기억도 사라질 것이다. 그리고 시간을 내어 나와 대화하도록 기도하거라. 이 약속은 꼭 지키거라. 그럼 내가 잘 보살펴 줄 것이다. 가진 힘을 잘 판단해서 쓰도록 하여라."

26

최고신의 결정대로 그들의 기억은 재배치되었고 새롭게 생명을 부여 받았다. 그리고 지상에 내려와 결혼식을 올리고 부부가 되었다. 소원이 라 함은 못 이루었던 사랑을 이루게 된 것이다. 미유엘의 인간 이름은 김 지훈이다.

그들은 버려지고 부모가 없는 아이들을 키우는 보육원을 운영하게 되었다. 아이들이 이곳에서 즐겁게 지내고 정말 집처럼 선생님들은 아이들을 잘 돌보았다.

그들은 열정으로 헌신하며 손발이 척척 맞고 보육원 운영에 진심이었다.

"얘들아. 원장 아빠랑 축구 한판 어때?"

"우와, 좋아요!"

지훈은 아이들과 친구처럼 잘 놀아 주었다. 그리고 그들은 하나의 루틴이 생겼다.

최고신께 매일 기도를 드리는 것이었다.

한편, 그들은 부부로서 집에서는 과연 행복한가?

"김지훈 씨. 제발 양말 좀 벗어서 아무 데나 두지 말라고."

"봤으면 본 사람이 치우면 되지. 자기 원래 이렇게 잔소리 많은 사람이었어?"

"잔소리를 안 하게 하면 되지! 자기는 원래 이렇게 게으른 사람이야?"

"집에서는 좀 쉬어야 될 거 아냐…."

"나도 쉬고 싶다고. 아무 데나 막 던져 놓지 말고 세탁기에 좀 넣으라고."

"여보! 내가 사랑하는 거 알지? 자기가 좀 해 줘라. 응?"

"으휴, 정말. 알았어."

지훈의 애교에 수민이는 화가 또 사그라든다.

이들은 집에서는 이렇게 가끔 티격태격하지만 마음은 꽉 찬 진정한 행복을 느꼈다.

그리고 아이들을 사랑하며 양육했다. 우리의 진정한 행복이란 일상과 작은 것에서 발견하는 이런 기쁨이 아닐까.

천상계에서 최고신이 한 천사에게 명령을 내린다.

"천사 하로엘! 지구에 내려가 빛의 아이를 수호하고 인간 세상을 어지럽히는 악마를 물리칠 것을 명한다. 이 사명에 너의 목숨까지도 내어 놓을 준비가 되어 있느냐?"

"네! 최고신이여! 준비되었습니다!"

지금 이 시간에도 천상계에서는 천사들이 임무를 받고 지상에 내려온다.

지구에 악한 세력들이 사라지고 평화가 자리 잡는 그날까지….

하얀 불꽃

1판 1쇄 발행 2025년 6월 30일

저자 권혜경

교정 신선미 **편집** 윤혜린 **마케팅·지원** 이창민

펴낸곳 (주)하움출판사 **펴낸이** 문현광

이메일 haum1000@naver.com **홈페이지** haum.kr
블로그 blog.naver.com/haum1000 **인스타그램** @haum1007

ISBN 979-11-7374-045-9(03810)